風格縱橫談

顏瑞芳、溫光華◎著

下篇、高中國文的風格教學

附錄

總序

近三四年來，教育當局在高中國文教材上作了最大改變的，算是廢除國立編譯館的唯一標準本，而開放爲各具特色的「一綱多本」。爲了適應這種巨大改變，做人老師的，不僅要調整教法，也要改進評量，尤其是面對學生的升學，更需要兼顧各本教材，取長補短，作一番統整的工夫，以免顧此失彼。

要統整「一綱多本」的教材，靠的不是課文的多寡，而是「能力」。這個「能力」，就其主要者而言，除關涉文章之義旨（主旨的顯隱、安置與材料的使用）外，還涵蓋了語法之剖析（文法）、字句之鍛鍊（修辭）、篇章之修飾（章法）、文章之體性（風格）及作文（傳統式作文與限制性寫作）、課外閱讀等。而其中的任何一種「能力」，都可以用不同的教材予以培養；換句話說，這種「能力」，是能夠拿任何一篇、一段、一節（句羣）的課外文章來進行評量的。這樣，教師就可以將任何一課「課文」當作「手段」來看待，所謂「得魚而忘筌」（《莊子・外物》），而「課文」就是這個「筌」、「能力」就是那個「魚」了。

有鑑於此，早在去（八十九）年暑假，便想爲高中「一綱多本」國文教材編一套以「能力」爲本位的書，提供高中教師作教學之參考。於是邀集了一組專家學者、高中教師共同來參與這個工作，並且商定這套書的總名爲「高中一綱多本國文教材點線面系列」，而內含八本，由不同的人來撰寫，依序是：

一、《散文・新詩義旨古今談》：由蒲基維（博士生、高中教師）、涂玉萍（碩士、高中教師）、林聆慈（教學碩士班、高中教師）三人負責。

二、《詩詞義旨透視鏡》：由江錦珏（碩士、高中教師）負責。

三、《文法必勝課》：由楊如雪（台灣師大副教授）、王錦慧（新竹師院助理教授）二人負責。

四、《修辭新思維》：由張春榮（國立台北師院教授）負責。

五、《章法新視野》：由仇小屏（花蓮師院助理教授）負責。

六、《風格縱橫談》：由顏瑞芳（台灣師大教授）、溫光華（博士生、講師），黃肇基（高中教師）三人負責。

七、《新型作文瞭望台》：由陳智弘（高中教師）、范曉雯（高中教師）、黃金玉（高中教師）、郭美美（碩士、高中教師）四人負責。

八、《閱讀檢測站》：由李清筠（台灣師大副教授）負責。

這八本書，都兼顧理論與實際，除了安排「總論」加以介紹外，均分別舉一些「一綱多本」重要課文的實例作充分說明，務求凸顯各種「能力」，使讀者一目了然。如此以「能力」為本位，從各角度來統整各本教材，相信對高中的國文教師的教學與學生的學習而言，是會有極大助益的。

看到在大家的努力下，這八本書終於將陸續出版，和讀者見面，感激之餘，特地將本套書撰寫的用意與過程，作一概述，聊以表達慶賀的意思。

民國九十年八月　陳滿銘序於台灣師大國文系

上篇、風格的基本認識

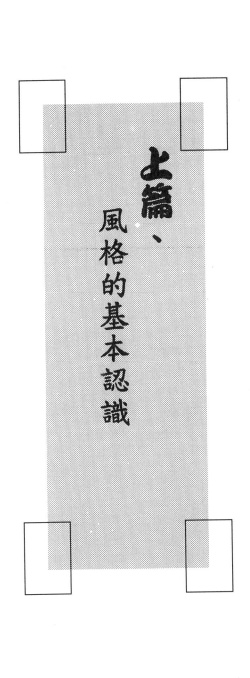

一、風格：由論人到論文

陳之藩散文集《一星如月》中，有一篇〈談風格〉，裡面提到諾貝爾物理獎第一位得主——發現X光的倫琴。他說現在的人寫科學論文，如果像報告X光這種重大的發現，必定是先說出一大套理論，繼之以實驗數據，然後是果然成功。也許用自己的名字爲這種射線命名，立時申請專利；改行開設公司，大賺其錢了事。但倫琴沒這麼做，他的得獎論文簡單到了家，也老實到了家，因此看過他論文的人都說他風格迥異，耐人尋味。

陳之藩贊美倫琴「風格清高」，並且指出：不要以爲「風格」或「味道」是小事，風格或味道可以說是一種綜合的價值觀念；這種價值觀念，既不能學，又無處學，而是長時間的空氣培養出來的。

這種以「風格」來概括對人物的整體印象和評價，並非始於今日，據文獻顯示，自魏晉以來已蔚成風氣，劉邵《人物志・體別》中，就依人的稟性不同，區分爲中庸、抗者（陽剛）、拘者（陰柔）三型，而抗者又分爲六：厲直剛毅、雄悍傑健、彊楷堅勁、普博周給、休動磊落、樸露徑盡；拘者也分為六：柔順安適、精艮畏慎、論辨理繹、清介廉潔、沉靜機密、多智韜情。這十二種拘抗的性格，劉邵稱之為「體」。其後葛洪《抱朴子·疾謬》說：「以傾倚屈申者為妖妍標秀，以風格端嚴者為田舍樸騃。」劉義慶《世說新語·德性》提到：「李元禮風格秀整，高自標持，欲以天下名教是非為己任。」《晉書·和嶠傳》中也說：「嶠少有風格，慕舅夏侯玄之為人，厚自崇重，有盛名於世。」這些都是以「風格」論人品、氣質。曹魏既定九品中正之制，當時對於人的才性往往從他的風度與品格來衡量，因此「風格」一詞的始源意義即在稱說人物的風度品格。

而由於純文學觀念的自覺和文學批評風氣的興起，晉宋以來許多原用以品鑒人物的辭彙和觀念，也就轉用以詮評文章，蓋文章原出於作家，有其人斯有其文，則由作家風格銜接作品風格，毋寧是極其自然的。例如劉勰《文心雕龍·議對》中就說：

仲瑗博古，而銓貫有叙；長虞識治，而屬辭枝繁；及陸機斷議，亦有鋒穎，而腴辭弗剪，頗累文骨，亦各有美，風格存焉。

由東漢應劭（仲瑗）、晉代傅咸（長虞）、陸機等人的學識和才能，分別論及其文「銓貫有敍」、「屬辭枝繁」、「腴辭弗剪」的特色，指出應、傅、陸三人的議對文章各具其美，有其不同風格。劉勰在〈鎔裁〉篇中批評陸機「識非不鑒，乃情苦芟繁也。」性情如此，發爲文章「腴辭弗剪，頗累文骨」，也就不足爲奇了。又如顏之推《顏氏家訓・文章》中說：

古人之文，宏材逸氣，體度風格，去今實遠。

所謂的「宏材逸氣」、「體度風格」，實既指古人，又指古人之文。從這些資料隱約可以看出：當時「風格」一詞所指的語義內涵是作家的才性貫注於作品，所具體表現出來的一種整體藝術形貌與美學特徵。

值得一提的是，儘管劉勰或顏之推在使用「風格」一詞時，就已經顯示現代文論中慣有的語義內容，但中國傳統詩文評論中在表達作品「整體性」這個概念時，卻往往用「體」字，而較少用「風格」。顏之推把「體度風格」合併成詞，正說明「體」與「風格」有替代或混用的現象；劉勰《文心雕龍》中的風格理論，主要見於〈體性〉篇；嚴羽的《滄浪詩話》更列有「詩體」一卷，專門討論時代風格、個人風格與文類風格等問題。因此，我們在傳統詩話、詞話，文話中所看到的許多關於「體」的描述和討論，皆屬於「風格」的範疇。依蔡英俊的分析，中國傳統「風格」一詞的語義內容包含兩層意義：一是由作品語文結構（文理組織）所形成的藝術形相，一是由作者主觀才性所展示的精神風貌，而這兩層意義，分別對應傳統批評文獻中的兩個概念：文體論與文氣論。

今天我們對「風格」、「體」的概念，一方面固然來自上述的中國文學傳統，另一方面或許也多少受西方文學觀念的影響。西方學者有關「風格」（style）的討論，最著名的是法國布封（de Buffon）在西元一七五三年發表的〈論風格——在法蘭西學士院爲他學行的入院典禮上的演說〉。布封在該文中說：

作品裡所包含的知識之多，事實之奇，乃至發現之新穎，都不能成為不朽的確實保證；……如果他們寫得無風致，無天才，毫不高雅，那麼他們就會是湮沒無聞的，因為，知識、事實與發現，都很容易脫離作品而轉入別人手裡，……這些東西都是身外物；風格卻就是本人。因此，風格既不能脫離作品，又不能轉借，也不能變換。……

他認爲知識、事實、發現等屬於「題材」層面的東西，都是身外之物，而「風格卻就是本人」——這句話許多人把它釋爲「文如其人」或「風格即人格」。在布封看來，作品的能否傳世，不是取決於題材的新穎與否，而在於是否具有風致，天才與高雅的「風格」本質。

除了强調風格的重要性，布封也指出風格「不能轉借」的獨創性。這不免讓人想起陳之藩贊美倫琴的話，以及曹丕〈典論·論文〉中所說的：「文以氣爲主，氣之淸濁有體，不可力彊而致。譬諸音樂，曲度雖均，節奏同檢。至於引氣不齊，巧拙有素，雖在父兄，不能以移子弟。」證諸曹操、曹丕、曹植詩文風格的差異，的確是父兄不能移子弟的最佳註腳。俄國文學批評家別林斯基的說法也有異曲同工之處：

> 文體（按：此處所言「文體」皆指風格，而非體裁）是思想的浮雕性、可感觸性；在文體裡表現著整個的人；文體和個性、性格一樣，永遠是獨創的。……從文體上可以窺見偉大的作家，正像從筆鋒上可以認出偉大的畫家一樣。文體的秘訣在於能把思想表現得如此鮮明而突出，好像那思想是在大理石上描繪和刻劃出來似的。

作品風格是作家思想的浮雕，其中表現著作者「整個的人」，而每個人的個性、性格不同，風格也就「永遠是獨創的」，正如劉勰所說的：「各師成心，其異如面。」（《文心雕龍・體性》）綜合而言，布封和別林斯基都強調「風格」關乎作品的不朽，它不能脫離作品，是作者思想、情性的標誌。這種從作者人格的獨特性，討論作品風格的獨創性，和中國傳統的「風格」觀念，基本上是相通的。

人物風格的品鑒是直接就個體的生命人格，整全地、如其爲人地品鑒之，而不是片面瑣碎地品頭論足；對於作家作品「風格」的品論，同樣是超越作家的才氣學習、作品的主題思介紹、比較作家作品非常重要的一環。例如，當我們看到「子美不能爲太白之飄逸，李白不能爲子美之沈鬱」（《滄浪詩話・詩評》），不僅對李白、杜甫的詩歌風格有整體性的印象，也可以體會兩人詩風的差異。再如以下兩段文字：

春筍般的纖纖玉指，世上本來少有，更難得一握，我們常握的倒是些冬筍或筍乾之類，雖然上面更常有蔻丹的點綴，乾，倒還不如熊掌。迭更斯的〈大衛高柏菲爾〉裡的烏利亞，他的手也是令人不能忘的，永遠是濕津津的冷冰冰的，握上去像是五條鱔魚。（梁實秋〈手〉）

牛舍是由粗陋的木麻黃樹幹蓋成，屋頂以蔗葉鋪就；那頭牛躺在牛舍中央，四隻腳朝著一個方向曲著，牛繩沒栓在柱子上，散落在稻草堆裡；牠的頭勉強抬起，兩隻眼角各吊著一列長長的黃眼屎。（洪醒夫〈跛腳天助和他的牛〉）

從題材、語調遣詞用字到內容情意都截然不同，給人的整體印象是一風趣調侃，一質樸悲苦，兩者各異姿采，「亦各有美，風格存焉」。法國小說家巴爾札克說：「當一個人將自己的整個心靈注入了作品，那麼，美就是作者的簽名。」這兩段作品，大約也可以視爲梁實秋和洪醒夫的簽名吧。

二、風格的特性

由上節討論可知，文章或藝術的風格千姿百態，人人不同，篇篇各異；但卻也具有一些共通的基本特性。以下舉出四項略予說明：

㈠整體性

風格是作品各種形式、內容特徵綜合方能呈現的風貌，因此要論作家作品的風格，應考量其整體性。從作品中任意摘選幾句，或用斷章取義方式所得到的，只能視為局部特徵，不能當成作家作品風格的代表。

㈡累積性

風格是作家累積長時期創作經驗而成的結晶，其中必定經過不斷的摸索、試驗，方能自成一格，因此「一步登天」、「揮筆立就」，對於風格的培養而言都是不可能的。上一節開頭提到陳之藩所說：風格是長時間空氣培養出來的，正是這個道理。

㈢穩定性

作家自我風格一旦養成，常會在某一時期呈現相當程度的穩定，並自覺或不自覺呈現於多數作品之中。雖然創作得因應主題、體裁、表達方式而表現不同的面貌，但從大體著眼，其風格應有大致近似的傾向。

㈣獨創性

風格是靠長期才學累積成的結晶，也代表著作家成熟的藝術境界，能自樹立，不因循，重獨創，才可能與衆不同，擁有自己的風格。故凡初試啼聲，或依樣畫葫蘆的作者，是較難產生個人風格的。

三、決定風格的因素

作品風格是作家風格的映現，而作家天生秉性不同，後天學養、交友、際遇、時代、環境有別，自然造成作家作品風格的多采多姿，所謂「筆區雲譎，文苑波詭」的熱鬧場面。另一方面，古來對不同的文學體裁，往往有不同的風格要求，將合於此規範者視爲正宗，反之則視爲別調、變體，因此，同一作家寫作不同文體時，其風格取向也會因文體不同而有所調整。以下即分別討論時代、流派、地域、文體、作家與風格的關係。

㈠時代與風格

文學、藝術是時代精神風貌的反映，不同的時代，政治良窳、社會治亂、學術風氣、審美風尚乃至君王崇文尚武的差異，都會影響當時文學藝術的風格，所謂「治世之音安以樂，亂世之音怨以怒，亡國之音哀以思」（〈毛詩序〉）「時運交移，質文代變」、「歌謠文理，與世推移，風動於上，而波震於下」（《文心雕龍・時序》）。劉勰在談到建安文學時指出：

觀其時文，雅好慷慨，良由世積亂離，風衰俗怨，並志深而筆長，故梗概而多氣也。

鍾嶸《詩品》論及晉永嘉及東晉詩壇：

永嘉時，貴黃老，稍尚虛談。於時篇什，理過其辭，淡乎寡味。爰及江表，微波尚傳，孫綽、許詢、桓、庾諸公，皆平典似道德論，建安風力盡矣。

即分別著眼於時代治亂（世積亂離，風衰俗怨）、學術風尚（貴黃老，尚虛談）對詩文風格的影響。所謂「志深筆長」、「梗概多氣」、「理過其辭，淡乎寡味」、「平典似道德論」，指的正是魏、晉時代的文學風格。至於以漢代為例，「高祖尚武，戲儒簡學」，故文苑寥落；逮「孝武崇儒，潤色鴻業，禮樂爭輝，辭藻競鶩」，說明君王之好尚，不僅關乎文運興衰，亦吹煦風格走向。

嚴羽《滄浪詩話》指出：

以時而論，則有建安體、黃初體、正始體、太康體、元嘉體、永明體、齊梁體、南北朝體、唐初體、盛唐體、大曆體、元和體、晚唐體、本朝體、元祐體、江西宗派體。

將漢末至宋代的詩歌，依時代畫分爲十六體，亦即十六種風格體貌，不過，他並沒有進一步說明這十六體的差異何在，只好由讀者自己去推敲。李肇《國史補》說：

大抵天寶之風尚實，大曆之風尚浮，貞元之風尚蕩，元和之風尚怪。

這是將玄宗天寶、代宗大曆、德宗貞元、憲宗元和等四朝文風並列比較，分別以「實」、「浮」、「蕩」、「怪」代表當時風尚。這樣的說法既概括又籠統，多少會有些爭議，不過卻也提供後人鳥瞰詩史發展、詩風變遷的一個角度。

葉嘉瑩教授曾將唐五代及兩宋詞的發展分三階段，即五代至北宋初期的歌辭之詞、北宋中期至南宋初期的詩化之詞、南宋中期以後的賦化之詞。她進一步分析：歌辭之詞，其下者固不免有淺俗柔靡之病，其佳者往往能在寫閨閣兒女之詞中，具含深情遠韻；詩化之詞，其下者固不免有浮率叫囂之病，其佳者往往能在天風海濤之曲中，蘊含幽咽怨斷之音，且能於豪邁中見沉鬱；賦化之詞，其下者固不免有堆砌晦澀，內容貧乏之病，其佳者則往往能於勾勒中見渾厚，隱曲中見深思。這三類不同的詞風，其得失利弊迥然相異，而三類之佳者卻有一共同特點，那就是都具含深遠曲折的意蘊之美。換言之，它們既受詞的文體風格制約，表現出共同處；又受到時代風格影響，表現出風格的殊異處。

以新文學而論，台灣在日治時代，受到殖民統治的剝削和歧視，文學乃多表現抗議精神與寫實風格，反映被壓迫下小人物的悲苦心聲。五、六十年代，政府播遷，兩岸阻絕，戒嚴政治箝制言論自由、西方現代主義思潮湧進，造就口號響亮的反共八股、涕淚交零的懷鄉文學，與技法百變而晦澀虛無的現代主義文學，激昂、隱晦、歌德、感傷等各種風貌兼具。七十年代，隨著現代文學與鄉土文學間的論戰，回歸傳統、肯認鄉土的呼聲再起，鄉土寫實蔚爲風尚，文學風格趨向樸質朗健。八十年代以來，政治解嚴，網路興起，文學風貌益加熱鬧多元：後現代文學、情色文學、方言文學、原住民文學、旅遊文學、自然寫作……，可謂眾聲交響，各自張起一面面醒目的旗幟，見證時代的風華。

㈡流派與風格

文學「流派」是指文學主張、藝術技巧、詩文風格相近或相同的作家，自覺或不自覺形成的一種團體、派別。其形成方式大略有三：其一是有組織、有綱領的自覺聯合；其二是以

一、二位代表作家爲核心，圍繞著一批其他作家自然而然地形成；其三是由於風格相似，被人們聯結在一起。

不同的流派，往往標示不同的風格特徵。例如盛唐詩歌的自然詩派和邊塞詩派，其題材與風格便截然不同。王維、孟浩然所代表的自然詩派，以描寫山水景物、田園風光爲主，表現恬淡靜謐的風格；岑參、高適、王昌齡、王之渙爲主的邊塞詩派，多描寫邊塞風光與征戍生活，表現激昂豪邁的詩風。而宋代詞人一般歸爲以歐陽修、李清照爲代表的婉約派，和以蘇軾、辛棄疾爲首的豪放派，兩者風格的差異確實是相當顯著的。

任何一位作家作品，未必只有單一風格，而在畫分體派時，往往就其主要風格著眼，因此，透過流派的概念，的確是初步、大略掌握作家作品特色的極佳方式。例如西崑體的雕飾華藻、堆砌典故，江西詩派的清新奇巧、議論入詩，公安派的獨抒性靈，竟陵派的幽深孤峭，桐城派的嚴於義法，知其人屬何派，便可大體知其作品風格。可見古來文學流派的區分雖然不免籠統，卻也便於標識，因此，今人談現代文學，依舊加以沿用。

楊牧在〈中國近代散文〉一文中，將二十世紀初葉以來的散文分爲七類，分別標舉代表作家及風格特徵：一是小品，周作人奠定其基礎，周氏一方面上承晚明遺風，平淡中見淳厚；一方面注入日本經驗，增加一份壓抑的激情，以其雜學博通，下筆閑散，餘味無窮，豐子愷、梁實秋、思果都屬這一派，其基本風格也見於莊因、顏元叔、亮軒等。二是記述，以夏丏尊爲前驅，〈白馬湖之冬〉樹立白話記述文模範，清澈通明、樸實無華，不做作矯揉，也不諱言感傷，朱自清、郁達夫、琦君、林海音等可歸入這一派，林文月、許達然、王孝廉等亦多少流露出白馬湖風格。三是寓言，許地山最稱淋漓盡致，他深入梵文舊籍，結合傳統中國的象徵筆法，作品充滿寓言點化的技巧，神韻無窮，梁遇春、李廣田、陸蠡、王鼎鈞可歸入這一派。四是抒情，徐志摩爲之宣洩無遺，徐以詩人之筆爲散文，蕭灑浪漫，草木含情，激越飄逸，旋轉自如，文字富音樂性，影響見於何其芳、張秀亞、余光中、張曉風、陳芳明等。五是議論，趣味多得於林語堂，其議論平易近人，於無事中娓娓道來，重智慧的渲染和幽默人生的闡發，言曦、吳魯芹、夏菁屬這一派。六是說理，胡適文體影響至深，建立了近代學術說理文章的格式，證明白話文之可用。七是雜文，魯迅揔其體例語氣及神情，其文深切潑辣。後二型散文重實用，不重文學藝術性的拓植。楊牧自言上述品類之歸納「以最初濫觴者之風格爲準」，其目的「乃是爲了史覽的方便，初無月旦高下之意」，可見他有意透過流派風格的區分，來勾勒現代散文發展的輪廓。

㈢地域與風格

不同的地域有不同的天然環境與文化傳統，這種各地風土人情的差異，也造就文學的多樣風格。《文心雕龍・物色》說：

> 山林皋壤，實文思之奧府，……屈平所以能洞監《風》、《騷》之情者，抑亦江山之助乎！

說明屈原文學的浪漫風格，得力於楚地風物的孕育。《隋書・文學傳序》曾具體比較南朝與北朝文風的差異：

> 江左宮商發越，貴於清綺；河朔詞義貞剛，重乎氣質。氣質則理勝其詞，清綺則文過其意；理深者便於實用，文華者宜於歌詠，此南北詞人得失之大較也。

劉師培〈南北文學不同論〉則更進一步詳論，他先引陸法言《切韻》的說法：

> 吳楚之音，時傷清淺；燕趙之音，多傷重濁。

認爲地域、語音、風格三者具有密切關係，又從風土民情的角度分析：

> 大抵北方之地，土厚水深，民生其間，多尚實際；南方之地，水勢浩洋，民生其際，多尚虛無。民崇實際，故所著之文，不外記事、析理二端；民尚虛無，故所作之文，或為言志、抒情之體。

復以韓柳爲例：

> 昌黎崛起北陲……，閎中肆外，其魄力之雄，直追秦漢，……古質渾雄，唐代罕倫；子厚與昌黎齊名，然棲身湘粵，偶有所作，咸則《莊》、《騷》。

則韓乘北方之氣，故文章古質雄渾；柳擷南方之英，故風格幽峭孤深，殆土地使然歟！

地域南北對風格的影響，最明顯的是南北朝的民歌。南朝的吳歌和西曲，大抵語言清新自然，情調細膩纏綿，風格委婉含蓄；北朝民歌則語言樸質無華，情調坦率爽朗，風格剛健豪放。這無疑是南方或北方人民生活環境、風俗習慣、性格氣質不同所導致。「駿馬西風塞北，杏花春雨江南」，風物之殊如此，詩文風格之異也就勢所必然。

這種地域文化形成的風格殊貌，在現代文學中仍然清晰可辨，大陸學者崔志遠在《鄉土文學與地緣文化——新時期鄉土小說論》中，便具體歸納大陸新時期鄉土小說的地域風格：

在古秦地，賈平凹、路遙、陳忠實等的作品顯示出或華美、流利、抒情，或宏闊、樸拙、厚重的「秦漢風采」和「盛唐氣象」。燕趙古地的劉紹棠、浩然、鐵凝等，作品中總是浸潤著一種悲壯的燕趙精神。楚湘的古華、葉蔚林、韓少功等，優美的風俗畫描寫中透露出神祕、怪異的楚文化氛圍。三晉的韓石山、鄭義、李銳等，承山藥蛋派遺風，質樸中有厚重，淳厚中見進取。古齊地的莫言、王潤滋、張煒等，都有一種時代氣息和古樸精神結合的詩意。吳越的汪曾祺、高曉聲、李杭育等，作品情調沖淡，描繪細膩，一派南國風韻。

法國文豪伏爾泰（Voltaire）在〈論史詩〉中，則分析了歐洲不同國籍作家的不同風格，他說：「在最傑出的近代作家身上，他們自己國家的特點可以通過他們對古人的模仿中看出來。他們的花朵和果實雖然得到同一太陽的溫暖，並且在同一太陽的照射下成熟起來，但他們從培育他們的國土上接受了不同的趣味、色調和形式。」接著他具體指出：義大利語的柔和與甜蜜，在不知不覺中滲入到義大利作家的資質中去；詞藻的華麗、隱喻的運用、風格的莊嚴，通常標誌著西班牙作家的特點；英國作家則更加講究作品的力量、活力和雄渾，他們愛諷諭和明喻甚於一切；法國人則具有明徹、嚴密和幽雅的風格。他的結論是：「要看出各相鄰民族鑒賞趣味的差別，你必須考慮到他們不同的風格。」

㈣體裁與風格

文學體裁不同，其功用、體式亦異，連帶的對各種文學體裁亦有不同的風格要求，曹丕〈典論・論文〉即說：

奏議宜雅，書論宜理，銘誄尚實，詩賦欲麗。

奏議是上行文書，要典雅莊重；書論用以說明事理，要條理清晰；銘誄記死者功業，須依據事實；詩賦用以言志抒情，應講求辭采華美。至陸機〈文賦〉，更進一步區分十種文體：

詩緣情而綺靡，賦體物而瀏亮，碑披文以相質，誄纏綿而淒愴，銘博約而溫潤，箴頓挫而清壯，頌優游以彬蔚，論精微而朗暢，奏平徹以閑雅，說煒曄而譎誑。

這可視為陸機心目中各種體裁的寫作規範與理想風格。

劉勰在《文心雕龍・定勢》中說：

章表奏議，則準的乎典雅；賦頌歌詩，則羽儀乎清麗；符檄書移，則楷式於明斷；史論序注，則師範於覈要；箴銘碑誄，則體式於弘深；連珠七辭，則從事於巧艷。此循體而成勢，隨變而立功者也。

大致歸納各體文章應有之風格：章表奏議、賦頌歌詩……，體裁不同，風格要求也就有典雅、清麗、明斷、覆要、弘深、巧艷等差別。而《文心雕龍》由〈明詩〉至〈書記〉二十篇，分別討論各種文學體裁的源流演變與寫作要求，對文體風格的講究更加精細，如曹丕只講「詩賦欲麗」，以「麗」概括詩賦的共同風格要求；劉勰論詩則說：「四言正體，則雅潤爲本；五言流調，則清麗居宗」（〈明詩〉），論賦則說：「麗詞雅義，符采相勝」（〈詮賦〉），蓋劉勰論文，主張徵聖、宗經，他說「聖文之雅麗，固銜華而佩實者也。」可見他視「雅麗」爲文章的最高準則，而四言詩以「雅潤」爲根本，五言詩以「清麗」爲原則，賦則兼「麗詞雅義」，這是同時注意到文體風格大同與小異處的辨析了。

胡應麟說：「文章自有體裁，凡爲某體，務須尋其本色，庶幾當行。」例如詩、詞、曲三體在字數、句數、用韻、襯字等方面各有不同，而相應於該體裁的風格亦自有別：詩莊詞媚曲俗，如果詩媚曲莊詞豪，便有失本色當行。例如《四庫提要》說：「詞自晚唐、五季以來，以清切婉麗爲宗。至柳永而一變，如詩家之有白居易；至蘇軾而又一變，如詩家之有韓愈，遂開南宋辛棄疾一派。尋溯源流，不能不謂之別格。」更是視「清切婉麗」爲詞體風格的正宗，以蘇辛的豪放詞風爲「別格」。再就詩而論，「五言絕，尚眞切，質多勝文；七言絕，尚高華，文多勝質。」（胡應麟《詩藪》）「五言（古詩）尚安恬，七言尚揮霍」。「律詩要處處打得通，又要處處跳得起。草蛇灰線，生龍活虎，兩般能事，當以一手兼之」，「絕句取徑貴深曲，蓋意不可盡，以不盡盡之。」（劉熙載《藝概》）古詩、近體；律詩、絕句；五言、七言，在詩論家眼中，各有其典型風格。

中國傳統文學細項雖多，但也可大別爲詩（韻文）、文（散文）兩類。大體而言，詩的風格要清空，文的風格主典實。民國以來的白話文學，一般分爲詩歌、散文、小說、戲劇四類，詩歌重意象、節奏，散文重寫實、直描，小說尚虛構故事，戲劇於舞台搬演，陳義芝有一比喻：詩似朝曦，小說似赤日，散文如夕照，戲劇好比星空。風格各有不同，不過，在作家各逞才氣追求獨創風格之際，這四種文學體類實互相滲透、出位，於是有散文詩、詩化散文、小說體散文……等中間文類，文類的界限不清，風格的規範就更加困難了。

(五)作家與風格

風格固然與時代、地域、流派、文體等有關，不過決定作品風格的主要因素還是作家本身的才氣、情性。《文心雕龍・體性》討論作品風格差異的根本原因：

> 八體屢遷，功以學成；才力居中，肇自血氣；氣以實志，志以定言，吐納英華，莫非情性。

指出作家的才力，肇始於天賦的血氣，血氣可以充實情志，情志可以確定言辭，所以作家敷藻吐辭，無非是情性的表露。劉勰接著以兩漢魏晉的十二位作家爲例，說明情性與風格的關係：一、賈誼俊美奔放，所以文章辭語潔淨而風格清新。二、司馬相如傲慢誇誕，所以文章情理浮華而藻采泛濫。三、劉向平易近人，所以文章旨趣顯明而敍事淵博。四、揚雄沈潛寂靜，所以文章內容隱密而情味深長。五、班固端莊深美，所以文章剪裁綿密而思致綺靡。六、張衡淹博通達，所以文章思慮周詳而辭藻精審。七、王粲急躁競勝，所以文章鋒穎外露而論事果斷。八、劉楨器量褊狹，所以文章措辭雄壯而發議驚駭。九、阮籍放蕩不羈，所以文章音韻飄逸而格調悠遠。十、嵇康俊逸任俠，所以文章興緻高昂而辭采壯烈。十一、潘岳輕佻敏捷，所以文章辭鋒奔放而氣韻流動。十二、陸機矜持莊重，所以文章情意繁複而辭理隱晦。這充份印證「文如其人」的說法。

鍾嶸《詩品》評陶淵明說：

> **文體有靜，殆無長語，篤意真古，辭興婉愜。每觀其文，想其人德，世歎其質直。**

所以「質直」既是淵明人格，也是其詩文風格，觀其文而知其人、想其人。嚴羽《滄浪詩話》說：

> **子美不能為太白之飄逸，太白不能為子美之沈鬱。太白〈夢游天姥吟〉、〈遠別離〉，子美不能道；子美〈北征〉、〈兵車行〉、〈垂老別〉等，太白不能作。**

田藝蘅《香宇詩談》接續這個話題說：

> **詩類其為人。且只如李杜二大家，太白做人飄逸，所以詩飄逸；子美做人沈著，所以詩沈著。如書稱鍾王，亦皆似其人。**

田氏發揮嚴羽的說法，認爲李白詩「飄逸」，杜甫詩「沈鬱」，是來自於李飄逸、杜沈鬱的人格特質，且不僅「詩類其爲人」，書法亦似其人。明代馮時可《兩航雜錄》明確提出「文如其人」的說法：

九奏無細響，三江無淺源，以謂文，豈率爾哉！永叔侃然而文溫穆，子固介然而文典則，蘇長公達而文遒暢，次公恬而文澄蓄，介甫矯厲而文簡勁，文如其人哉！人如其文哉！

這裡分別以侃然、介然、達、恬、矯厲來概括歐陽修、曾鞏、蘇軾、蘇轍、王安石的情性與人格，以溫穆、典則、遒暢、澄蓄、簡勁來概括五家文章風格，的確讓人有直指核心，一語中的之感。清人薛雪《一瓢詩話》說：「鬯快人詩必瀟灑，敦厚人詩必端莊，倜儻人詩必飄逸，疏爽人詩必流麗，寒澀人詩必枯瘠，豐腴人詩必華贍，拂鬱人詩必淒怨，磊落人詩必悲壯，豪邁人詩必不羈，清修人詩必峻潔，謹勵人詩必嚴整，猥鄙人詩必委靡。此天之所賦，氣之所稟，非學之所至也。」這應該是對詩人才性、稟賦與作品風格的關係，申論得最詳贍了。

再以現代散文爲例，不同的作家亦各有獨特的風格。熊述隆在《散文藝術世界》中就舉出：魯迅的深沉冷峻，巴金的眞摯自然，老舍的機智詼諧，茅盾的淳厚樸質、冰心的婉約細膩，朱自清的高潔清秀，徐志摩的濃艷綺麗，郁達夫的率眞熱情，林語堂的幽默雋永。可謂各領風騷。「深沉冷峻」等語，說的既是人格，也是風格。

元遺山〈論詩絕句〉曾說：「心畫心聲總失眞，文章寧復見爲人？高情千古〈閒居賦〉，爭信安仁拜路塵。」像潘岳〈閒居賦〉這樣優游自得、高情矯飾、心口不一的作品固然存在，但終究較少。文學畢竟是心靈的、眞情的事業，有才無行者舞文弄墨適所以自暴其短。袁枚《隨園詩話》中感慨地說：「後人無杜之性情，學杜之風格，抑末也。」確是對矯揉剽竊者的當頭棒喝。作家才性、品格既是決定文章風格的關鍵因素，則從欣賞的角度說，讀其文便不可不知其人；從創作的角度說，「先器識而後文藝」，要寫出風格高標的詩文，須先涵養胸襟格調。

㈥作家風格的轉變

每一位作家作品風格，固然是建立在他的才性、稟賦、學識、習染等基礎之上，具有相當高的一貫性與穩定性；但不容否認的，它也蘊含著相當程度的可變動性，當這種變動成份達到明顯的强度時，讀者便很容易可以感受到這位作家風格的轉變。就好比顏色由紅而橙，由橙而黃時，也許你覺得它尚屬於同一色調，同一風格範疇，但當顏色再由黃而綠，而藍時，以藍綠和原先的紅橙對照，我們就明顯察覺出它的轉變。

作家風格的轉變，有時是作家本身對自己舊風格的揚棄與超越，他覺得原有的風格已經寫膩了，寫不出更好的了，因此，以改變風格來自我挑戰，尋求突破；有時則緣於作家在創作生命旺盛的階段，遭逢客觀環境的重大變故，或亡國之痛，或喪親之悲，或貶謫之苦（如果他在遭逢變故之前，還沒有傑出的創作成績，則不認爲是風格的轉變，而以遭遇變故後的風格爲代表），以致於作家的生活、思想、情感、性格等，受到重大衝擊而明顯改變，連帶影響到作品的風格。

以楊牧爲例，他自西元一九五九年起就致力於新詩和散文的創作，當時筆名葉珊，詩文重抒情，貴唯美，曾引領一代風尚，取得可觀的成績；西元一九七二年以後，改筆名爲楊牧，詩文風格轉向鎔鑄感性與知性，强調人文精神與社會關懷，持續攀登藝術高峯。他的作品風格，綜合而言，是「於典麗醇美之辭采中，交織並融知性之抒情與感性之批判」（龍騰版高中國文第四冊第四課）；分別而言，則前期重抒情，後期重知性，的確是有明顯的轉變。

再以鄭愁予爲例：

> 鄭愁予詩齡甚長，早期擅長抒情詩，形象準確，聲籟華美，有著飄逸而又矜持的韻致，明麗而又夢幻的感性。詩集《夢土上》、《窗外的女奴》最能代表此一時期的風格。民國五十四年後，停筆十五年之久，思索創作的新方向，民國六十九年出版《燕人行》，家國、歲月的感觸增多，生命的體悟更加深刻，詩風轉趨成熟，異於早年語言

輕柔、性情奔放的浪漫情調。（翰林版高中國文第二冊第九課）

由早期的浪漫柔美到後期的成熟冷靜，的確是鄭愁予詩風的轉變軌跡。這樣的軌跡和由葉珊到楊牧的王靖獻類似，也和許多創作生命較長且開始創作的年齡較早的作者類似，也正應合張潮《幽夢影》中所說：少年憑感情寫作，壯年憑理性寫作，老年憑智慧寫作的發展理則，只是楊、鄭二人表現得更突出而已。

楊牧和鄭愁予作品風格的轉變，主要來自作者內省地調整自己創作方向；而李後主、李清照等，他們的作品風格也有明顯地前後期之分，但他們風格轉變的動力是外來的。李後主前期的作品寫宮廷享樂生活的感受，洋溢著豪華富麗、風流浪漫；南唐亡國之後，則寫人世間最難堪的俘虜生活的悲哀，亡國之痛，血淚至情。風流帝王轉眼淪爲階下囚，心境和詞風的劇烈改變也就理所必然。

李清照的命運有點像李後主，她十八歲時與情投意合的趙明誠結婚，在閨房繡戶中享受美滿的婚姻愛情。隨著趙明誠的出仕，夫妻暫別，她甜蜜寧靜的心弦於是彈奏出愁怨之音，而眞正使她的詞風劇變的因素，則是她四十三歲那年的靖康之難，及隨之而來的流離江南、丈夫病亡。由生活美滿而國破家亡，她的作品乃從前期的熱情、明快、活潑天眞的閒情幽趣，轉變爲後期的纏綿淒苦，充滿深沉的哀傷。

四、風格的種類

古來作家多如過江之鯽，文章汗牛而充棟，作品風格亦形形色色，爲了以簡御繁，便於認識與析較，因而有必要區分風格的種類。

《文心雕龍・體性》中便分文章爲八種風格：典雅、遠奥、精約、顯附、繁縟、壯麗、新奇、輕靡。典雅是指鎔鑄經典、取法訓詁，以儒學思想爲依歸者；精約是用字覈實，造句省簡，條分縷析，毫釐不差者；顯附是措辭誠懇、內容條暢，說理剴切，能滿足讀者心靈者；繁縟是譬喻廣博、辭采醲郁，文字光彩艷麗、淸晰分明者；壯麗是議論高遠、規模宏偉、辭藻卓越、文采特異者；新奇是擯棄古法，競尙新奇，措辭險僻，旨趣詭異者。這「八體」又可析爲相對的四組：典雅與新奇、遠奥與顯附、繁縟與精約、壯麗和輕靡。

唐人司空圖《詩品》將詩分爲二十四品，也就是二十四種風格：雄渾、沖淡、纖穠、沉著、高古、典雅、洗煉、勁健、綺麗、自然、含蓄、豪放、精神、縝密、疏野、淸奇、委曲、實境、悲慨、形容、超詣、飄逸、曠達、流動。他用四言韻語，每品十二句加以註解，例如：

采采流水，蓬蓬遠春，窈窕深谷，時見美人。碧桃滿樹，風日水濱，柳蔭路曲，流鶯比鄰。乘之愈往，識之愈真，如將不盡，與古為新。（纖穠）

不著一字，盡得風流，語不涉己，若不堪憂。是有真宰，與之沉浮。如淥滿酒，花時反秋。悠悠空塵，忽忽海漚，淺深聚散，萬取一收。（含蓄）

可見「纖穠」是指作品詞藻清新、生意盎然；「含蓄」則指作品欲語還休、含藏不露。這些品類與說解，雖不免幾分抽象，卻彷彿帶領讀者在詩國大觀園逛了一回，讓人見識其中異采紛呈的繁富，對文苑風華有遺形去跡的整體印象。

像司空圖這樣，將詩歌風格做如此細密精微的區分，對少數詩學造詣精深的詩人、鑒賞家而言，有其必要，也有其意義，但對多數詩歌欣賞者而言，可能治絲愈棼，未解詩意，卻先墮詩評的五里霧中。例如「沖淡」與「自然」，「雄渾」與「勁健」、「豪放」，其區別何在？非專業研究者，恐怕不易解說清楚。因此，宋代以後對風格的分類，又趨向於由繁而簡。如嚴羽《滄浪詩話・詩辨》便分詩之品爲九：高、古、深、遠、長、雄渾、飄逸、悲壯、淒婉。至清代姚鼐〈復魯絜非書〉，進一步將風格簡約分爲陽剛、陰柔兩類：

> 天地之道，陰陽剛柔而已。文者，天地之精英，而陰陽剛柔之發也。惟聖人之言，統二氣之會而弗偏。……自諸子而降，其為文無弗有偏者。其得於陽與剛之美者，則其文如霆，如電，如長風之出谷，如崇山峻崖，如決大川，如奔騏驥；其光也，如杲日，如火，如金鏐鐵；其於人也，如憑高視遠，如君而朝萬眾，如鼓萬士而戰之。其得於陰與柔之美者，則其文如升初日，如清風，如雲，如霞，如煙，如幽林曲澗，如淪，如漾，如珠玉之輝，如鴻鵠之鳴而入寥廓；其於人也，漻乎其如嘆，邈乎其如有思，暖乎其如喜，愀乎其如悲。觀其文，諷其音，則為文者之性情形狀，舉以殊焉。

他用各種景物或事態作比喻，來說明文章的風格，使抽象的「風格」儼然如在目前，如以雷霆閃電、長風出谷、崇山峻崖、騏驥奔馳擬陽剛之美；以朝日初升、雲霞煙霧、幽林曲澗、鴻鵠入天喻陰柔之美，的確予人具體而深刻的印象。

姚鼐陰陽兩分的方式，固然免去了分類過細的缺點，從另一個角度看，卻可能被認爲粗枝大葉，因此，曾國藩便在兩分的基礎上再各分爲四，《求闕齋日記》中說：

吾嘗取姚姬傳先生之說，文章之道分陽剛之美、陰柔之美。大抵陽剛者氣勢浩瀚，陰柔者韻味深美。浩瀚者噴薄而出之，深美者吞吐而出之。

又說：

陽剛之美曰雄、直、怪、麗，陰柔之美曰茹、遠、潔、適。

雄：劃然軒昂，盡棄故常；跌宕頓挫，捫之有芒。

直：黃河千曲，其體乃直；山勢如龍，轉換無跡。

怪：奇趣橫生，人駭鬼眩；《易》《玄》《山經》，張、韓互見。

麗：青春大澤，萬卉初葩；《詩》《騷》之韻，班、揚之華。

茹：眾義輻湊，吞多吐少，幽獨咀含，不求共曉。

遠：九天俯視，下界聚蚊；寤寐周、孔，落落寡羣。

潔：冗意陳言，類字盡刪；慎爾褒貶，神人共鑒。

適：心境兩閒，無營無待；柳記歐跋，得大自在。

陳望道《修辭學發凡》則將文章體性（風格）分爲四組八種：

㈠組——由內容和形式的比例，分為簡約和繁豐；
㈡組——由氣象的剛強和柔和，分為剛健和柔婉；
㈢組——由於話裡辭藻的多少，分為平淡和絢爛；
㈣組——由於檢點工夫的多少，分為嚴謹和疏放。

曾國藩的二組八美，陳望道的四組八種，似乎又回到劉勰四組八體的辨析方式。由此看來，用兩個層次、兩兩對應的概念來區別文章的風格爲八種，似乎是較能挈領提綱、折衷繁簡的做法。

文學風格的種類雖多，但其本身其實並無優劣之別，端視讀者個人欣賞的偏好，以判定其巧拙高下。因此，無論是濃豔、樸質、剛健、委婉、高雅、俚俗、繁豐、簡約，都各有其美。凡是能產生怡人耳目、動人心魄效果，並予人美感享受的作品，即可謂爲佳作。朱光潛在《談文學・文學與語文（中）——體裁與風格》中說：

> 自然而然，不假做作的，如果與作者個性相稱，與題材內容相稱，各種不同的風格都可以有好文章。

正是這個道理。

五、風格的表述方式

風格既是作家作品藝術神貌、美學特徵的整體表現，則評論者、鑑賞者要描述作品風格時，除了透過客觀質素的分析，勢必也涉及主觀的審美經驗和個人體悟，尤其傳統的詩話、詞話、文話，往往跳過客觀分析，直接訴諸主觀體悟，被稱爲「印象式批評」。如說李白「飄逸」、杜甫「沉鬱」、蘇辛「豪放」、溫庭筠「綺麗」、司馬遷「雄奇」、陶淵明「沖淡」，這自然是對各家風格的印象式表述。

印象式表述概括力强，卻不免語意含糊，因此有時兼用具象式的譬喻來相輔相成。例如《詩品》評謝靈運云：

> 若人興多才高，寓目輒書，內無乏思，外無遺物，其繁富宜哉！然名章迥句，處處間起；麗典新聲，絡繹奔會，譬猶青松之拔灌木，白玉之映塵沙，未足貶其高潔也。

即是以青松、白玉爲喻，來描述謝詩的風格。

其次，如同我們品評一個人的美醜、氣質，固然可以直接就其人本身來評論；但如果拿另一個相近或差異甚遠的人來相提並論，也許更能透過對照，突顯各自的特色。品論作家風格，固然可以單論一家，但也可能並論兩家或多家。如《滄浪詩話‧詩評》說：「孟郊之詩，憔悴枯槁，其氣局促不伸。」這是單論孟郊詩風；又說：「李、杜數公，如金翅擘海，香象渡河。下視郊、島輩，直蟲吟草間耳。」這是用具象比喻、數家並論的方式，來說明李白、杜甫等人詩風的氣象渾厚，與孟郊、賈島等人的格局狹隘明顯不同。

大體說來，前人對作家作品風格的表述方式，依表述用語的使用，可分印象式與具象式；依評論對象的多寡，可分單論式與並論式。這四種方式交互、綜合運用，迷離恍惚的「風格」意涵，便不再那麼難以捉摸。以下再就各種方式的組合運用，分別舉例說明：

㈠印象式單論

1.王安石的散文，簡潔明快，邏輯嚴密，具樸素凝鍊之美。……詩歌則遒勁清新，自成一格，後人稱之爲「王荊公體」。（三民版高中國文第一冊第一課）

2.（曹）操爲人權奇自喜。文章沉雄俊爽，霸氣縱橫；詩歌慷慨豪放，氣魄雄偉。（正

中版高中國文第二冊第十四課）

3.（琦君）散文多憶舊抒情之作，典雅雋永、晶瑩醇厚。（龍騰版高中國文第一冊第四課）

4.（林文月）散文情思細膩，風格樸實。（南一版高中國文第一冊第四課）

5.（蘇紹蓮）詩風嚴肅而深沉，有時略帶苦澀，但耐咀嚼而有餘味。（三民版高中國文第一冊第四課）

稱王安石散文簡潔明快、樸素凝鍊，詩歌遒勁清新；曹操文章沉雄俊爽，詩歌慷慨豪放；琦君散文典雅雋永、晶瑩醇厚；林文月散文情思細膩，風格樸實；蘇紹連的新詩嚴肅而深沉，皆是用抽象性的語彙，來單論某一作家作品的風格。這種方式在傳統詩話、文話中最爲常見，現行各種版本高中國文教材作者欄中對各作者風格的介紹，也大都採用這種表述方式。

(二)具象式單論

1.（潘岳詩）翩然如翔禽之有羽毛，衣服之有綃縠。（鍾嶸《詩品》引李充語）

2.柳文如奇峯異嶂，層見疊出。（劉熙載《藝概・文概》）

3.東坡詞具神仙出世之姿。（《藝概・詞曲概》）

4.東坡詞如春花散空，不著跡象，使柳枝歌之，正如天風海濤之曲，中多幽咽怨斷之音。（夏敬觀評）

李充以禽羽、綃縠爲喻，來描述潘岳詩華麗富艷的風格；劉熙載及夏敬觀分別以奇峯異嶂，來形容柳宗元散文風格的峻潔峭拔，以神仙出世、春花散空來比擬蘇東坡詞風的飄逸高曠，都是藉具體的物象來模擬抽象的風格，期使讀者能透過物象之「筌」來捕捉風格之「魚」。

㈢印象式並論

1.吾嘗評其（柳）文，雄深雅健，似司馬子長。（劉禹錫〈唐尚書禮部員外郎柳宗元文集序〉引韓愈語）

2.昌黎以善縱見長，河東以能煉取勝。昌黎之博大，非河東所及；河東之謹嚴，亦豈昌黎所得爲？（陶元藻《泊鷗山房集》）

3.謝所以不及陶者，康樂之詩精工，淵明之詩質而自然耳。（嚴羽《滄浪詩話・詩評》）

4.現代一班作家的作品：朱自清的稱得起「縝密」，周作人的可以說「自然」，茅盾的

不愧爲「洗練」，魯迅的應號作「勁健」。（夏丏尊《文心》）

韓愈稱柳文「雄深雅健」，似司馬遷，這是通過並論，來類比兩人風格的相似處；陶元藻則比較韓文「善縱」而「博大」；柳文「能煉」而「謹嚴」的差異；嚴羽稱謝靈運詩精工，陶淵明詩自然，這也是通過並論，來對比兩人風格的相異處；夏丏尊則取司空圖二十四品的風格之說，來類推現代作家，觀察朱自清等人的差異。風格本來就是一種相對性的概念，因此，透過比較、並論的方式，往往能使這些概念更爲明晰。

(四)具象式並論

1. 潘詩爛若舒錦，無處不佳；陸文如披沙簡金，往往見寶。（鍾嶸《詩品》引謝混語）
2. 吞吐騁頓，若千里之駒，而走赤電，鞭疾風，常者山立，怪者霆擊，韓愈之文也。巉巖崱屴，若游峻壑削壁，而谷風淒雨四至者，柳宗元之文也。（茅坤《唐宋八大家文鈔・論例》）
3. 唐宋八家文，退之如崇山大海，孕育靈怪；子厚如幽巖怪壑，鳥叫猿啼；永叔如秋山平遠，春谷倩麗，園亭林沼，悉可圖畫；明允如尊官酷吏，南面發令，雖無理事，誰敢不承；東坡如長江大河，時或疏爲清渠，瀦爲池沼；子由如晴絲裊空，其雄偉者如天半風雨，

嫣娜而下；介甫如斷岸千尺，又如高士谿刻，不近人情；子固如陂澤春漲，雖漶漫而深厚有氣力。（魏禧《日錄論文》）

4.宋景濂如酒池肉林，直是豐饒，而寡芍藥之和。劉伯溫如叢台少年，入說社便辟流利，小見口才。（王世貞《文評》）

謝混評潘岳詩爛若舒錦，陸機文如披沙簡金，說明潘詩艷麗甚於陸。茅坤以千里駒走赤電、鞭疾風擬韓文，以巉巖峭壁、谷風淒雨擬柳文，則昌黎雄奇奔放、子厚峻潔淒清的風格差異，便更爲具體可感。魏禧謂韓文如崇山大海，柳文如幽巖怪壑，歐文如秋山平遠，老蘇文如尊官酷吏，大蘇文如長江大河，小蘇文如晴絲裊空，王文如斷岸千尺，曾文如陂澤春漲，的確能一語道破八家文風的殊異，令人有深得我心之感。至於王世貞說宋濂文如酒池肉林，劉基文如叢台少年，亦足以區別景濂繁富豐饒、伯溫便辟流利的不同風格。此外，如朱權《太和正音譜》評論元曲主要作家說：關漢卿曲如瓊筵醉客，馬致遠曲如朝陽鳴鳳，張養浩曲如玉樹臨風，張可久曲如瑤天笙鶴。分別比喻四人曲風本色自然、典麗豪放、率直兼柔美、婉麗且含蓄的特色。用這樣浮想連篇的譬喻來說風格，風格好像也變得可觸可視，可捉可摸了。

㈤綜合式評論

1.韓愈的散文雄渾如海，筆力遒勁。（翰林版高中國文第一册第一課）

2.歐公文粹如金玉，東坡之文浩如河漢。（王構《修辭鑑衡》引張子韶語）

3.西漢之時，文人輩出：賈誼之文，剛健篤實，出於韓非。晁錯之文，辨析疏通，出於《呂覽》。而董仲舒、劉向之文，咸平敞通洞，章約句制，出於荀卿。（劉師培〈南北文學不同論〉）

4.關漢卿一空依傍，自鑄偉詞，而其言曲盡人情，字字本色，故當爲元人第一。白仁甫、馬東籬高華雄渾，情深文明；鄭德輝清麗芊綿，自成馨逸，均不失爲第一流。（王國維《宋元戲曲考・元劇之文章》）

評韓文「雄渾如海」，歐文「粹如金玉」、蘇文「浩如河漢」，都是融合印象式與具象式的評論，而前者單論韓文，後者並論歐蘇。劉師培綜論賈誼「剛健篤實」，晁錯「辨析疏通」，董仲舒、劉向「平敞通洞」的風格差異，並分別指出其淵源不同；王國維綜論元曲四家：關漢卿「字字本色」，白樸、馬致遠「高華雄渾」，鄭光祖「清麗芊綿」，區別風格並品第甲乙，並隱約透露以「本色」爲品第的標準。可見對於作家作品風格的表述，既可兼融印象、具象、單論、並論等方式，尚可延伸而與淵源、影響、品第的探討相結合，將該作家作品置於文學史的脈絡與發展中，來分析、比較，則其風格特色與作品評價，將更爲公正而客觀。

六、風格的鑑賞途徑

人有陽剛陰柔、豪放內斂等個性、作風之別，文學作品亦是如此，或繁、或約、或剛健、或柔婉，而不同的文體，不同的作家，甚或某一作家，在不同時期或因應不同主題所寫的作品，風貌都會有些許差異，因此風格就有如人之面孔，五官雖大致相同，一旦組合起來，便呈現出千萬種截然不同的面貌。

風格的鑑賞，是深入理解文學作品的必經途徑，因此也成了國文教學中不可或缺的過程。但由於影響風格形成的主、客觀因素甚爲複雜，再加上風格本身抽象虛渺，使得風格成爲作品鑑賞上最難以切實掌握的一項要素。不過，透過教師的細心指引，在範文講讀時加以分析歸納，使學生能觸類旁通，舉一反三，得知掌握作品風格的門徑，進而增强思辨能力，如此必可提升鑑賞文學的層次。以下從五個角度簡要說明鑑賞作品風格的可行途徑：

㈠由主題和題材可以探測作品風格

「主題」是作品的中心思想，「題材」則是表現此一中心思想的材料。主題是火，題材則是薪；主題是意，題材則是象。客觀的物象會觸動作者內在的情意，所謂「情以物興」；反過來說，主觀的情意會寄託於客觀的物象，即「物以情觀」。「桃之夭夭，灼灼其華，之子于歸，宜其室家」，是因物興情；「感時花濺淚，恨別鳥驚心」，則是以情寄物。

題材和主題的特殊性，會造就不同的詩文風格。大陸學者王立歸納中國文學的十大主題：惜時、相思、出處、懷古、悲秋、春恨、遊仙、思鄉、黍離、生死。這些不同的主題會和不同的題材、不同的情意產生連結，因而形成不同的風格特色。以悲秋的主題為例：

主題：悲秋

題材：秋夜、秋山、秋水、秋月、秋雲、秋風、秋雨、秋聲、秋樹、秋草、秋葉、秋雁、秋蟲、秋蟬、秋扇、秋荷、秋菊、秋楓……

情意：感傷故國、傷時憫亂、惜歎年華、哀傷離別思懷故舊、閨情怨思、遊子思歸、征夫徭役……

風格主調：悲慨、悲愴、悲痛、悲傷、悲鬱、悲涼、悲惋、悲酸、悲悼、悲憤、悲切、悲淒、悲苦……。

如杜甫〈登高〉：

風急天高猿嘯哀，渚清沙白鳥飛迴。
無邊落下蕭蕭下，不盡長江滾滾來。
萬里悲秋長作客，百年多病獨登臺。
艱難苦恨繁霜鬢，潦倒新停濁酒杯。

此詩是杜甫晚年流寓夔州時所作。作者置身蕭瑟的秋景，登高遠眺，觸景生情，因而引發自己壯志未酬、貧病潦倒的無奈之情。詩的前四句描繪登高聞見的秋江景色，後四句則興發人生感懷，其景致恢廓，情思深沈，交融出沉鬱悲涼的風格。全詩主題在抒發久客他鄉、老病孤苦的人生感懷，是典型的藉景抒懷之作。

主題是作品的首腦，題材是作品的血脈，因此，依循「題材——主題——內容——風格」的線索，可以看出作品風格的大致趨向。

(二)由體裁可以概括作品風格

歷代文學在長期演變之中，發展出多樣性的文學體裁，有以記人、事爲主的，如傳記、山水遊記、臺閣名勝記等；有以議論爲主的，如論、說、原等；有以實用功能爲主的，如章、表、序跋、書信等。這些體裁因應不同的寫作主題要求，也會形成不同的風格特點。如詩與詞兩者雖皆爲韻文，但風格表現有異，前人有「詩莊詞媚」的說法，王國維在《人間詞話》也說：

詞之為體，要眇宜修。能言詩之不能言，而不能盡言詩之所能言。詩之境闊，詞之言長。

便是因爲古人以爲詩是言志的，必須莊重典雅，以鄭重其事；而詞原爲歌筵酒宴合樂伴曲而作，用以娛樂興懷，便不必過於嚴肅。可見詩與詞體製不一，功用有別，風格也顯有不同。再如書信一體，是用來表述心聲、互通信息的應用文章，應視彼此身分、地位、關係，而有不同的表達方式及語言風格。寫給家人、好友的，大多樸質眞摯，如夏完淳於抗淸失敗被捕入獄，在就義之前，在獄中寫下〈獄中上母書〉給嫡母及生母，是一封作爲訣別的書信。信中除了交代後事外，也屢陳「不得以身報母」之苦，及願以身許國的悲壯情懷。最後以詩：「人生孰無死，貴得死所耳。父得爲忠臣，子得爲孝子。含笑歸太虛，了我分內事。」作結，更把情思轉入慷慨悲涼之境。其字裡行間，字字血淚，充份表現孝子痛陳心聲的眞情，故能感人肺腑。另外像曹丕〈與吳質書〉，旨在撫今追昔，抒發無限悵惘，亦充滿感傷情調。以上兩封書信，性質分別在於訣別和懷舊，因此情深意摯，完全不虛情假意，而抒情成分極高，也使風格顯得特別深沈。至於李白〈與韓荊州書〉、王安石〈答司馬諫議書〉兩篇，則風格大不相同。與其主題聯繫配合來看，前者旨在求薦，但語調不卑不亢，文勢豪邁雄健；後者旨在辯論，語勢勁悍剛銳。所呈現之風格，自與親友間暢敘心曲的書信有異。

而山水遊記中，一般皆偏重寫景的部分，自然勝景必得藉順暢自然的筆觸來襯托，因此風格也易趨於清新秀麗。如袁宏道〈晚遊六橋待月記〉文中寫景的部分：

> 由斷橋至蘇堤一帶，綠煙紅霧，彌漫二十餘里。歌吹為風，粉汗為雨，羅紈之盛，多於堤畔之草，豔冶極矣。
>
> 然杭人遊湖，止午、未、申三時，其實湖光染色之工，山嵐設色之巧，皆在朝日始出，夕春未下，始極其濃媚。月景尤不可言，花態柳情，山容水意，別是一種趣

味。

前半用濃麗的筆墨呈現繁花耀眼，遊人如織的遊賞景觀；後半突顯自己與衆不同的審美觀點，筆致較爲淡雅。「月景尤不可言」以下云云，則寓有無窮餘韻。此段篇幅不長，但大致呈現出山水記遊小品典型的淡雅清新風格。

國文課本中，「書」、「記」、「論」、「說」或「表」、「序」之類的文章較爲常見，在教學時，便應針對文體寫作特徵加以概括，尋繹其大體上的風格，並配合實際的作品，從主題上加以驗證，如此不但有助於掌握作品風格，對於寫作情境能否「得體」，也有極大裨益。

㈢由作家才性可以得知作品風格

一個成熟的作家，其內在的才學、個性、氣質，也不免投射反映於作品之中。曹丕〈典論論文〉說

> 文以氣為主，氣之清濁有體，不可力強而致。

指出作者精神本體所表現的氣質，爲文章風格語氣之所從出。氣質清（輕快俊爽）者，易表現出陽剛之氣；氣質濁（凝重沉鬱）者，易表現出陰柔之氣。劉勰《文心雕龍》也說：「觸類以推，表裡必符。」其意亦在推測作家才學個性與作品風格之間的密切關聯。雖然文與人不相類者所在多有，但循情理之常推斷，「文如其人」的觀點，應是有一定可信度的。前面提到李白、杜甫兩人，各有風格之長。李白才氣縱橫，個性豁達不羈，因此詩風清新俊逸；杜甫苦思力學，個性端凝謹厚，因此詩風沉鬱雄渾。其風格與才性正有高度相關。蘇東坡思想恢弘，氣度豪邁，因此作品亦洋溢超曠灑脫之氣。如〈定風波〉：

> **莫聽穿林打葉聲，何妨吟嘯且徐行。竹杖芒鞋輕勝馬，誰怕？一簑煙雨任平生。料峭春風吹酒醒，微冷，山頭斜照卻相迎。回首向來蕭瑟處，歸去，也無風雨也無晴。**

東坡此詞作於貶謫黃州之時。在一次偕友出遊途中突遇大雨，卻完全不以爲意，他持竹杖、著芒鞋、披簑衣，只管吟嘯徐行，將一切風雨置之度外。東坡對於自然界的晴雨，乃至人生處境的順逆，皆淡然處之，故能安之若素，無入而不自得。全詞所表現出的曠達瀟灑胸襟，正是其處世性格的表徵。

又如南宋末年起兵抗元的文天祥，他兵敗被俘，囚禁期間，作〈正氣歌〉明志：

> 天地有正氣，雜然賦流形：下則為河嶽，上則為日星，於人曰浩然，沛乎塞蒼冥。皇路當清夷，含和吐明庭；時窮節乃見，一一垂丹青。……
>
> 是氣所磅礴，凜烈萬古存。當其貫日月，生死安足論？地維賴以立，天柱賴以尊。三綱實繫命，道義為之根。……

闡論浩然正氣充盈天地，至大至剛，並藉正氣以表明心志。文天祥在國破家亡、幽囚虜廷之際，仍堅守此浩然正氣，故剛正不屈，無畏生死，其正氣形諸文辭，亦覺筆力酣暢，氣勢磅礴，流露出剛正激壯的風格。

研讀作品，當先認識作者的生平。作者的求學、成長經歷奠定其才學基礎，仕途際遇磨礪其人生氣節，而處世態度反映性格思想。對這些因素有基本的瞭解，自易從生平行誼，推測出作品可能呈現的風格特點。

(四)由修辭手法可以判別作品風格

修辭是美化文辭、強化意念表達效果的重要手段，運用得當，可以使作品更富有藝術性，並產生感染人心的力量。在作品解析過程中，修辭技巧的運用，往往是不會被忽略的要項，但進一步來看，修辭手法對於風格表現上的影響，亦有待關注。文句銜承緊密，多運用排比句式，章法結構照應嚴謹者，往往呈現整練剛健的風格；多用象徵、譬喻、雙關者，較會顯現含蓄蘊藉的風格；多用夸飾者，較易形成雄奇奔放的風格；而意到筆隨，不假雕飾者，則呈現平易樸實的風格；麗辭華采，文勝其質者，則呈現濃麗繁縟的風格。因此，在分析修辭手法時，如能進一層思考修辭琢鍊下所造成的藝術效果，相信對於作品風格的判別掌握，也會有極大助益。就以賈誼〈過秦論〉的開頭來說：

> 秦孝公據殽函之固，擁雍州之地，君臣固守，以窺周室；有席卷天下，包舉宇內，囊括四海之意，并吞八荒之心。當是時也，商君佐之，內立法度，務耕織，修守戰之具，外連衡而鬥諸侯。於是秦人拱手而取西河之外。

此段旨在寫「秦强之初」，一開頭以「秦孝公」統領全段，接著寫孝公據險要之地，懷併吞天下之心，再寫孝公對內對外的政策。段中連續運用排偶句式，如「據殽函之固，擁雍州之地」二句爲對偶句；「有席卷天下，包舉宇內，囊括四海之意，并吞八荒之心」四句，及「立法度，務耕織，修守戰之具」三句等兩組爲排比句，再加上「內」、「外」對舉，使此段氣勢勁健，如强敵壓境，咄咄逼人，既爲下文敍寫秦國的富强及統一大業預作蓄勢之伏筆，也爲文章奠下剛勁雄健的風格基調。其能達到如此效果，正是由於整練的對偶及連續的排比所致。

作品中運用疊字修辭，則易於營造綿密蘊藉的風格。以〈古詩十九首〉中的二首爲例：

青青河畔草，鬱鬱園中柳。盈盈樓上女，皎皎當窗牖。娥娥紅粉妝，纖纖出素手。

……

迢迢牽牛星，皎皎河漢女，纖纖擢素手，札札弄機杼；……盈盈一水間，脈脈不得語。

兩詩均頻頻於句首運用疊字，如「青青」、「鬱鬱」、「盈盈」、「皎皎」、「娥娥」、

「纖纖」、「迢迢」、「札札」、「脈脈」等皆是，或用以摹寫景致，或用以描繪女子美貌，或形容機杼聲音，或傳達人的神情，不但增添了音節美感，加强了語言的精巧，也使離情別思更爲纖密深刻，綿延不絕。至於李清照〈聲聲慢〉：「尋尋覓覓，冷冷清清，淒淒慘慘戚戚。」連用七對疊字，極寫心中的孤獨淒清，這是把疊字修辭所能產生的連綿不盡、輾轉悱惻的風格，做了最典型的詮釋，足以讓人「一讀則改容，再讀則下淚，三讀則斷腸矣」！

(五)由異同比較可以區分作品風格

比較是將兩個事物並觀，從中分析各自特點的一種研究方法。這兩事物可能性質極爲相近，但同中有異；也可能彼此差異極大，但其異中有同。文學作品風格的比較亦是如此。透過比較，可以對作品有更深入的認知，對於文學鑑賞層次的提升也有極大的幫助。因此在作品風格鑑賞過程中，將兩篇、三篇，甚至多篇作品拿來進行異同比較，是一項不可忽視的方法。

截然不同的作品，由於差異性大，在比較中尤能見到醒目的對比效果。如平實與綺麗、豪放與婉約、現實與浪漫、重情致與重理趣……等，都是對立的風格概念，極容易在對比中發現其間歧異，直接感知兩者的差別。俞文豹《吹劍續錄》有一段軼事的記載：

東坡在玉堂，有幕士善歌，因問：「我詞比柳耆卿如何？」對曰：「柳郎中詞，只好十七八女孩兒，執紅牙板，歌楊柳岸曉風殘月。學士詞，需關西大漢，執鐵綽板，唱大江東去。」

這件軼事點出了柳永（耆卿）和蘇軾兩人詞風的迥異。分別引用柳永〈雨霖鈴〉與蘇軾〈念奴嬌・赤壁懷古〉兩首代表作品，說明兩人因不同性格、不同生活背景，而有截然不同的詞作風格。前者婉約綺麗，纏綿多情；後者豪放雄渾，氣勢磅礴。

至於創作背景相似、題材性質近同的作品，則其間差別較爲細微，在比較時具有一定的難度，但也是比較的好題材，值得多加留意。如歐陽修〈醉翁亭記〉與蘇軾〈赤壁賦〉兩文，皆寫於遷謫之時，也同樣敍寫放情山水的樂趣及人生感悟，但前者以順處逆，不慍不火，心境恬靜，筆致也清麗細膩，流露的是怡悅舒緩的風趣；而後者則文思如「萬斛泉湧」，汩汩奔流，滔滔不絕，時而寫清風明月，時而寫歌簫唱和，時而寫主客對答，情緒則由樂轉悲又至喜，情致迴環曲折，極能表現東坡曠遠超脫的作風。由比較中，可見到兩者同中有異的風格特點。本書中篇介紹歷代作家作品，對於體類相近者，亦稍有提示，在閱讀時可多方參較，此處就不再多加舉例。

由作品與作品的比較，進而作家與作家間的比較，再至流派與流派間的比較，如此由淺至深，由小至大，逐層漸進，這多元角度的探索，對於文學風格鑑賞而言，亦是一條必經途徑。

中篇、異采紛呈的歷代文學風貌

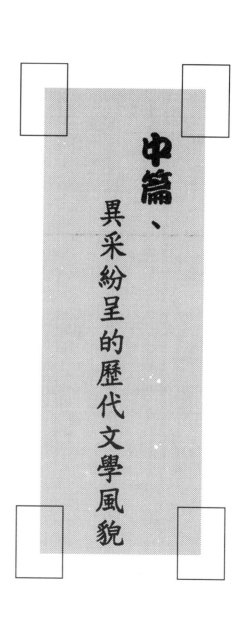

一、淳雅穩重的先秦兩漢文學

歷代作家甚爲繁夥，所著作品亦浩如煙海，因此所衍生出的風格便顯得千姿百態，極不易於確切掌握。且由於作品風格常隨作家本身才學、創作動機、創作時空而變遷，甚至文體、修辭手法的不同，也會導致風格的些許差異，是故本篇所述，大致便從這些因素著眼，期能引導讀者快速掌握各單篇作品所呈顯的特殊風格，如此觸類旁推，多方揣摩，當可獲致深入理解作品的門徑。

從周代開始，中國歷史文化的發展漸邁入穩定的階段，在文學上，也產生了不少優秀的先民詩歌。尤其春秋戰國時期的社會變動劇烈，思想主張繁興，形成「百家爭鳴」的局面，爲散文提供了滋長的絕佳溫床。先秦的詩歌與散文，雖已年代久遠，但其淳雅穩重的作品風貌，及雋永可味的藝術魅力，對於先秦以降的漢代及其後各代的文學頗具前導的作用，時至今日，仍有不少佳篇廣受傳誦，由此可證明文學並無時間限制，具有可長可久的永恒價值。以下分《詩經》及《楚辭》、古詩及樂府詩、先秦散文、秦漢散文等方面，就其名篇傑作略加說明，以瞭解此時期作家及作品的風格特色。

㈠《詩經》及《楚辭》

《詩經》及《楚辭》是先秦韻文文學中的雙璧。前者搜羅了西周初年至春秋中葉這五、六百年間的詩歌作品，是中國最早的詩歌總集；後者則是戰國時期楚地一帶的詩歌作品，爲後世辭賦之祖。由於產生的時代、地域及寫作者身分的不同，所表現出的風格也有顯著的差異。

⑴詩經

《詩經》分爲「風」、「雅」、「頌」三部分，「風」指十五國風，多爲各地民間歌謠；「雅」指小雅、大雅，除少數屬民歌性質外，大多爲宴饗朝會之樂曲；「頌」指周頌、魯頌、商頌，純爲祭祀頌贊的樂歌。《詩經》的文辭以四言短句爲主，多有押韻，因此讀來富有節奏感。至於情感的表達，則極爲率真樸質，是「溫柔敦厚」的詩教典範。茲舉〈蓼莪〉及〈蒹葭〉兩首爲例。

〈蓼莪〉是《詩經・小雅》中的名篇。旨在感念父母養育的恩德，並以自己未得終養父母爲憾：

蓼蓼者莪，匪莪伊蒿。哀哀父母，生我劬勞！
蓼蓼者莪，匪莪伊蔚。哀哀父母，生我勞瘁！
缾之罄矣，維罍之恥。鮮民之生，不如死之久矣！無父何怙？無母何恃？出則銜恤，入則靡至。
父兮生我，母兮鞠我。拊我畜我，長我育我，顧我復我，出入腹我。欲報之德，昊天罔極！
南山烈烈，飄風發發。民莫不穀，我獨何害？
南山律律，飄風弗弗。民莫不穀，我獨不卒？

整首分為六章。首二章及末二章各四句，中間兩章各八句。首二章以莪之生長為喻，說明父母劬勞養育，而自己卻只成為庸才；第三章述說父母養育之艱苦，親恩偉大無極，難以回報；末二章則以南山飄風起興，極言父母恩情之大。全詩反覆詠歎，敍雙親養育之恩，情感極為真摯深刻；陳不得終養之憾，悲思尤覺沈痛激切。讀來只覺惘然若失，頗能引發孝親之思。全詩雖多處運用比興，但由於直抒真情，不假虛飾，因而表現出沈鬱凝重的風格。

再如〈蒹葭〉，是「國風」中極負盛名的抒情詩歌。詩如下：

蒹葭蒼蒼，白露為霜。所謂伊人，在水一方。遡洄從之，道阻且長；遡游從之，宛在水中央。

蒹葭淒淒，白露未晞。所謂伊人，在水之湄。遡洄從之，道阻且躋；遡游從之，宛在水中坻。

蒹葭采采，白露未已。所謂伊人，在水之涘。遡洄從之，道阻且右；遡游從之，宛在水中沚。

這是一首懷念佳人之詩，分爲三章，每章前二句寫蘆荻茂盛、露水凝結之景，後六句則敍述遍尋佳人而未得的情形。整首詩運用重章疊詠的方式，層層遞進，讀來頗有一唱三歎的情韻。從「露爲霜」而「露未晞」至「露未已」，意味著時間的移轉；而伊人由「水中央」而「水中坻」至「水中沚」，則代表空間的轉換。時空雖有了轉變，但惦念的心意始終不渝。詩人把抽象的心境化爲具體的意象，語言顯得含蓄雋永，清雅婉約。而整首詩作透過情景交融的手法，呈現出悠渺淒清的意境，也是使本詩深受後世喜愛的主要原因。

〈蓼莪〉和〈蒹葭〉這兩首詩，一在懷親恩，一則抒思情，前者風格沈鬱凝重，後者含蓄婉約，所表現的感情雖不相同，但均爲雋永可味的眞情佳篇。

(2)楚辭

《楚辭》是繼《詩經》之後而發展出的韻文作品，在形式上以六言，七言句式較多，辭采鋪陳華麗；內容及風格上則更具個人情志，富有浪漫想像的神祕色彩。以下舉幾篇略加說明。先看〈國殤〉：

> 操吳戈兮被犀甲，車錯轂兮短兵接。旌蔽日兮敵若雲，矢交墜兮士爭先。凌余陣兮躐余行，左驂殪兮右刃傷。霾兩輪兮縶四馬，援玉枹兮擊鳴鼓。天時墜兮威靈怒，嚴殺盡兮棄原壄。出不入兮往不反，平原忽兮路超遠。帶長劍兮挾秦弓，首身離兮心不懲。
>
> 誠既勇兮又以武，終剛強兮不可凌。身既死兮神以靈，子魂魄兮為鬼雄。

〈國殤〉是〈九歌〉中的一篇，是追悼爲國捐軀戰士的祭歌。詩中先記敘戰士勇赴戰場的情景，接著敘述出戰不利，敵勝我敗的慘烈景象，最後則歌頌戰士視死如歸的英勇氣概與頑強不畏犧牲的精神。本篇由七言句組成，句中皆加入了一「兮」字，其語調較爲舒緩，音節卻鏗鏘有力，全篇反映楚人的愛國精神，其氣勢凜凜，敘事井然，令人頗有身臨其境之感。

其次如〈卜居〉和〈漁父〉兩篇，寫作形式實較近於散文，是風格迥異於《楚辭》其他各篇的作品。〈卜居〉是藉屈原與太卜鄭詹尹間的對話，抨擊現實環境中是非不明，善惡不分的醜態，文中八組十六個問題傾洩而出，氣勢萬鈞，充分展現了屈原昂然不屈和堅貞自守的高潔形象；而〈漁父〉則藉屈原與漁父間的對話，突顯屈原不願與世浮沈，甚至同流合污的崇高志節，漁父之語正能襯托屈原堅貞獨絕的性格。兩篇敍事手法及意旨頗爲近似，皆以「屈原既放」開篇，交代背景，又皆以對話問答方式展現屈原的性格與形象。一則與太卜問答，一則與漁父問答；一則對屈原的問題無言以對，反而說「用君之心，行君之意」，一則對屈原的態度不表苟同，最後「莞爾而笑，鼓枻而去」。對話之辭雖精簡扼要，但皆切中主題，蘊意深刻，充滿處世的睿智。劉勰《文心雕龍》曾評論這兩篇作品說：「〈卜居〉標放言之致，〈漁父〉寄獨往之才。」可見這兩篇在放言高論外，也寄託了洞悉世事的才情，是意旨顯豁、情致深邃的作品。

(3)詩經與楚辭之比較

	詩經	楚辭
年代	西周初～春秋中葉	戰國時期
地域	黃河流域	長江流域
作者	爲採自各地的風土歌謠，多爲佚名。	出自貴族，作者可考。
句法	四言爲主，另有長短不一的句式。	自由變化，以六、七言爲主。
章法	重章疊詠	單篇直陳

內容	多取材於現實生活	較多個人情感的抒發
辭采及風格	率眞樸質 寫實 溫柔敦厚	閎博富麗 浪漫神奇 富有想像色彩
文學地位	北方文學之祖 韻文之祖 詩歌總集之祖	南方文學代表 辭賦之祖

(二)古詩及樂府詩

漢代詩歌有古詩及樂府詩之別。所謂「古詩」，即「古體詩」，是相對於「近體詩」而言的詩歌體裁；而「樂府詩」，則是可以入樂的歌謠作品，此兩者開始多屬於民間流傳之作，後來也漸有文人從事創作。

《古詩十九首》系列的五言詩，創作於東漢末年，並非一人一時之作，措辭生動直率，風格質樸自然，情感的表現則眞摯感人，對於後世五言詩體的發展，具有深遠的影響。劉勰《文心雕龍》曾評論說：「觀其結體散文，質而不野，婉轉附物，怊悵切情，實五言之冠冕也。」指出了《古詩十九首》的獨特風格及傑出的藝術價值。這十九首詩，皆各自獨立成篇，其主題也略有不同，或敘寫男女間的感情，或發抒人生短促無常的感歎，其中最多的，還是以男女間情感爲題材的作品，以下舉四首爲例：

(一)涉江采芙蓉，蘭澤多芳草。采之欲遺誰？所思在遠道。
還顧望舊鄉，長路漫浩浩。同心而離居，憂傷以終老。

(二)迢迢牽牛星，皎皎河漢女。纖纖擢素手，札札弄機杼；
終日不成章，泣涕零如雨。河漢清且淺，相去復幾許？
盈盈一水間，脈脈不得語。

(三)客從遠方來，遺我一端綺。相去萬餘里，故人心尚爾。
文綵雙鴛鴦，裁為合懽被。著以長相思，緣以結不解。
以膠投漆中，誰能別離此！

(四)行行重行行，與君生別離。相去萬餘里，各在天一涯。
道路阻且長，會面安可知？胡馬依北風，越鳥巢南枝。
相去日已遠，衣帶日已緩。浮雲蔽白日，遊子不顧反。
思君令人老，歲月忽已晚。棄捐勿復道，努力加餐飯。

這四首寫的都是男女感情。第一首寫飄泊異鄉的遊子，思念妻子卻不得歸去的愁苦。第二首是藉牛郎、織女的傳說，表達男女相望卻不能相聚的哀怨苦痛。第三首是寫閨中婦人對遠方丈夫的思念心情，和期待團聚的殷切盼望。第四首則寫思婦傾訴與夫婿分隔兩地的依戀與相思的心情。四首詩主題皆在敍寫不得相見的思念心情，措辭平易淺白而不失典雅，風格質樸而率眞，使人在反覆吟詠中，也能感受詩中流露的眞情及無窮的餘韻。至於發抒人生感慨的作品，如：

迴車駕言邁，悠悠涉長道。四顧何茫茫，東風搖百草。
所遇無故物，焉得不速老？盛衰各有時，立身苦不早。
人生非金石，豈能長壽考？奄忽隨物化，榮名以為寶。

詩人久客還鄉，在路上見到今昔景物不同，因而感歎人生短暫無常，應及時「立身」，追求「榮名」。全詩景中寓情，情中兼議，是一首涵蘊深刻，情文並茂，富含理趣的作品。

另外，在樂府詩方面，當時流傳的名作不少，在此舉三首爲例說明。首先，〈長歌行〉一詩，是以其歌聲悠長而得名，全詩爲：

青青園中葵，朝露待日晞。陽春布德澤，萬物生光輝。
常恐秋節至，焜黃華葉衰。百川東到海，何時復西歸。
少壯不努力，老大徒傷悲。

此詩旨在勉勵人要把握時光，及時努力。詩以朝露日晞、秋節葉衰及川流不歸等景物實象，聯想到時間一去不復返，因此歸結出「少壯不努力，老大徒傷悲」的人生態度。前八句的比喻到最後二句的哲理，在轉折中使詩的情感顯得更加波瀾起伏，頓宕不平，富有變化。與前述古詩〈迴車駕言邁〉，均從人生感慨著筆，也都是深具理趣，發人深省的詩作。其次，〈飲馬長城窟行〉是一首頗具民歌風味的作品：

青青河畔草，綿綿思遠道。遠道不可思，夙昔夢見之。
夢見在我傍，忽覺在他鄉。他鄉各異縣，展轉不相見。
枯桑知天風，海水知天寒。入門各自媚，誰肯相為言！
客從遠方來，遺我雙鯉魚。呼兒烹鯉魚，中有尺素書。
長跪讀素書，書中竟何如？上有加餐食，下有長相憶。

詩以婦人口吻寫成，借河邊青翠葱綠的草起興，引發出對遠在他鄉良人的思念，並襯托自己的孤獨寂寞。末以良人寄書，以保重身體（「加餐食」）之語相慰，表達了深切的思念之意作結。全詩感情眞摯蘊藉，筆觸委婉而流暢，把思婦的心情寫得極爲細膩深刻。最後，再看漢代樂府詩中著名的敍事名篇〈陌上桑〉：

日出東南隅，照我秦氏樓。秦氏有好女，自名為羅敷。羅敷善蠶桑，採桑城南隅。青絲為籠係，桂枝為籠鈎。頭上倭墮髻，耳中明月珠。緗綺為下裙，紫綺為上襦。行者見羅敷，下擔捋髭鬚。少年見羅敷，脫帽著帩頭。耕者忘其犁，鋤者忘其鋤。來歸相怨怒，但坐觀羅敷。

使君從南來，五馬立踟躕。使君遣吏往，「問是誰家姝？」「秦氏有好女，自名為羅敷。」「羅敷年幾何？」「二十尚不足，十五頗有餘。」「使君謝羅敷，寧可共載不？」羅敷前置辭：「使君一何愚！使君自有婦，羅敷自有夫。」

「東方千餘騎，夫婿居上頭。何用識夫婿？白馬從驪駒。青絲繫馬尾，黃金絡馬頭。腰中鹿盧劍，可直千萬餘。十五府小吏，二十朝大夫。三十侍中郎，四十專城居。為人潔白皙。鬑鬑頗有鬚。盈盈公府步，冉冉府中趨。坐中數千人，皆言夫婿殊。

這是敘寫一個太守（使君）調戲採桑女子羅敷而遭到當面拒斥的情形。詩的前半以烘托的手法，側面描繪出羅敷美麗高貴的形貌，後半則在對話中間接展現了羅敷機智勇敢和堅貞自守的人格。其敘事寫人，皆不用直筆表達，但羅敷的形象和氣質，卻鮮明地躍然紙上。全詩用筆純熟巧妙，風格生動活潑，在詩歌和諧的音律中，讀來頗有引人入勝的韻趣。

㈢先秦散文

詩歌的篇幅短小，韻律感强，便於記憶唱誦，對於抒情言志有極大的方便性。但隨著社會生活方式的改變，及文化的繁榮和進展，精簡的詩歌體式已漸無法滿足記事說理的需要，因此散文應運而生，取代了詩歌的地位，在先秦時期扮演著記述歷史事實、宣傳政治主張的重要角色。爲了說明之便，茲根據內容性質，將先秦時期散文分爲經典散文，歷史散文及諸子散文三類，這三項散文寫作之立場、動機不同，也各有獨特的風貌，對於後世散文的發展影響極爲遠大。以下分別說明：

1. 經典散文

經書是古代人立身行事的規準，一直以來皆享有極爲尊崇的學術地位。孔子刪定的「六經」，除了《樂》是配合詩歌演唱的曲譜且已亡佚，《詩》是屬於韻文，此外的《易》、《書》、《禮》、《春秋》皆以散文寫成，是早期散文中的代表，也成爲後世文章的源頭活水。以下取《禮記》的選文爲例說明。

《禮記》是儒家的禮學叢書，或論政治制度，或述生活禮儀，或記禮樂器物，內容包羅萬象，載事論理，也多清晰婉轉。其中〈檀弓〉篇由七、八十則小故事組成，是全書文學性最強的一篇。如〈成子高寢疾〉一則，是記成子高在臨死之際，仍謹守「生有益於人，死不害於人」的原則，因而選擇「不食之地」埋葬。他爲人著想的胸襟和絲毫不苟的操守，在婉轉蘊藉的答句之中，尤其顯得不凡。又〈美輪美奐〉一則中，張老之言「美哉輪焉，美哉奐焉」兩句，是贊頌新居的高大華麗。「歌於斯，哭於斯，聚國族於斯」則提醒趙武應惜福，以免遭人妒害。而趙武既喜又驚，順勢回答，並以「全要領以從先大夫於九京」來自惕自警。末句「善頌善禱」，雙點作收，「善頌」贊評張老之言，「善禱」則贊評趙武之語，四字尤覺簡勁有力。全文僅八十餘字，但結構完整，前爲敍事，後有論贊，頗富意趣。另外，選自〈禮運〉篇的〈大同世界〉，是藉孔子與子游問答，揭出「天下爲公」的理想政治境界。文中先言政治，再論社會及經濟制度，最後歸結出「謀閉而不興，盜竊亂賊而不作，故外戶而不閉」一的大同之治。一路順勢娓娓道來，文辭流暢，句式整練，條理明晰，歷來成爲研究政治社會思想的重要篇章。

2.歷史散文

春秋戰國時代，各國之間的侵擾爭奪，造成了政治、社會的巨大變化，也使得各種興亡盛衰事蹟的記載，顯得更爲迫切。當時《春秋》以魯國爲中心，記錄了二百多年間的歷史，雖然內容甚爲簡要，屬於大綱式的敍述，但多寓有褒善貶惡的微言大義，一方面是儒家推崇的經典，另一方面也是歷史散文的先驅。而其後的《左傳》和《戰國策》更成爲先秦時期歷史散文的代表之作。以下分別加以說明：

(1)左傳

《左傳》是《春秋》三傳之一，相傳爲魯國太史左丘明採取《春秋》的大綱，參考了其他史籍的資料而撰成。不過，《左傳》在敍事上更爲詳備，描述也更爲明暢生動，享有史學及文學的雙重成就。如〈燭之武退秦師〉一文，記秦、晉聯兵圍鄭，鄭大夫燭之武應命擔任說客，終於說動秦穆公退兵，化解了鄭國的危機。首段及次段對於事件的背景有概要的交代。燭之武原本是個不受重用的老臣，卻在佚之狐的薦舉下，盡棄前嫌，擔負了這個外交任務。佚之狐的慧眼善識，鄭伯的誠懇自責及燭之武深明大義，以國事爲重的形象，在簡潔的筆墨中，有了具體的勾勒。至於燭之武對秦穆公的說辭，則是全篇最爲精采的部分。燭之武從亡鄭陪鄰、不亡鄭可有利於秦、晋乃背信忘恩之國及晋將闕秦等四個層面進行勸說，說辭有理有據，且全從秦國立場著眼，爲秦君設身處地剖析利害，委婉懇切而有感染力。燭之武知己知彼，善於辭令的外交家形象也躍然紙上。所以秦穆公聽了之後，不但退兵，且轉而駐軍於鄭，爲鄭協防，應驗了佚之狐「師必退」的預言。而最後晋文公也因貿然攻秦爲不仁、不智、不武之舉，亦決定撤軍，使得一場戰爭消弭於無形。全篇文章有起因、有結果，情節之發展環環相扣，極爲緊湊。尤其作者營造情境，以對話方式塑造人物性格形象的技巧，極爲高妙，使得原本沈重的史實呈現有如故事般的明快風格，故能成爲《左傳》中膾炙人口的名篇。

(2)戰國策

《戰國策》是記載戰國策士遊說時君之事的一部史書。由於辯才是策士安身立命，博取利祿富貴的重要手段，因此對於流暢犀利、氣勢縱橫的文辭便特別講求，這也成爲《戰國策》的一大特色。如〈馮諼客孟嘗君〉一文，是記馮諼寄居孟嘗君門下作客的經歷，並敘馮諼出巧策，收買民心，成就三窟，爲孟嘗君鞏固政治地位的過程。文章一開始的馮諼，似是個「無好」、「無能」之人，三次彈劍彈鋏，更顯出他得寸進尺、貪得無厭的形象。而自馮諼自薦至薛地收債及焚券市義的過程，則隱見其能，也爲下文埋下伏筆。接著孟嘗君遭貶退後，卻在薛地受民衆擁戴，始知馮諼市義的深遠用心。馮諼之能至此方被肯定。不過，尚不僅止於此，馮諼更進一步爲孟嘗君營鑿第二窟「反國統萬人」、第三窟「立宗廟於薛」，使孟嘗君得以高枕無憂。全文構思巧妙，採用先抑後揚、先隱後顯的筆法，把馮諼的高才及遠見層遞突顯，敍事練達明快，情節生動曲折，在波瀾起伏的懸念設計下，絲毫不見冷場，可謂是一篇敍事技巧成熟、人物性格逼眞傳神、風格酣暢淋漓的作品。

另如〈觸讋（三民版作龍）說趙太后〉一文，敍述觸讋說趙太后，讓長安君到齊國當人質，以換取齊國派兵來解除秦對趙國軍事威脅的經過。全篇以觸讋與趙太后之間的對話爲主，展開精采絕妙的鋪敍。趙太后愛子心切，嚴拒任何把幼子派至齊國當人質的交換條件，觸讋雖有意勸說，但很有技巧地避開正面衝突，而採迂迴、旁敲側擊的方式，與太后閒話寒暄。他先問起居、次候飲食、再談養生之道，以逐步化解太后敵對的情緒。接著閒談起老年人憐愛幼子的心情，言欲以幼子相託，藉以博得太后的共鳴。又以「父母之愛子，則爲之計深遠」引出太后愛長安君不如燕后的說法，挑起太后的好奇心。然後語勢轉急，直問太后三世以前趙王之子孫王侯者的命運，並以事實點明利害，指出人主愛子，必使之有功於國，才是長久之計。觸讋自始至終設身處地爲太后著想，並順勢析陳利害，最後終於使太后欣然改變本意，接受派遣人質的安排。其巧諫所以能成功，在於觸讋勸說之語極爲委婉，富有親和力，對於婦人的心理也洞察入微，故能在層層進逼後，水到渠成。觸讋的語氣先是平緩迂徐，在切中趙太后心事後，立即轉趨峻切直截，充分展現觸讋循循善誘、老謀深算的謀臣形象。故事的情節簡單而緊湊，對話細膩而傳神，文字流利而切要，是風格婉曲、極有語言藝術魅力的傑作。

(三)諸子散文

先秦時期的學術發達，思想活躍，諸子百家蠭出並起，各以學說主張馳名於世。其所作之散文，雖不刻意追求文采，但由於析理精微，語言精鍊，且各家文章各具獨特風貌，所以在散文的發展上佔有舉足輕重的地位。以下就高中國文課本中選錄的《老子》、《莊子》、《荀子》、《韓非子》四家，舉例略加介紹：

(1)老子

《老子》思想重點在闡發自然之道，主張「信言不美，美言不信」，但全書五千言，卻極爲精美，處處閃耀著智慧的光彩。以下僅舉三章爲例說明：

> 天下皆知美之為美，斯惡已；皆知善之為善，斯不善已。
> 有無相生，難易相成，長短相形，高下相盈，音聲相和，前後相隨，恆也。
> 是以聖人處無為之事，行不言之教；萬物作而不為始，生而不有，為而不恃，功

成而弗居。夫唯弗居，是以不去。（第二章）

三十輻，共一轂，當其無，有車之用；埏埴以為器，當其無，有器之用；鑿戶牖以為室，當其無，有室之用。故有之以為利，無之以為用。（第十一章）

小國寡民。使有什伯人之器而不用；使民重死而不遠徙。雖有舟輿，無所乘之；雖有甲兵，無所陳之。使民復結繩而用之。甘其食，美其服，安其居，樂其俗。鄰國相望，雞犬之聲相聞，民至老死，不相往來。（第八十章）

第二章是說一切概念的判斷，均是相對待而產生的，當世俗之人追求正面、捨棄反面，故紛爭漸起，詐僞日滋。唯聖人「處無爲之事，行不言之教」，方能超越這樣的限制，達到全美的境界。第十一章是藉車、器、室三物品，闡發「有之以爲利，無之以爲用」的觀念。第八十章則是對一個理想國形象的描繪。國家小、人民少、生活簡單、沒有戰爭，人民易於知足，各安其分。這三章的篇幅均精簡短小，但卻深蘊哲理，可說是辭約而旨豐的語錄體散文。老子喜用排偶的句法，因此文章大體整練，讀來錯落有致，自然成韻，故能在自然縱放中又頗覺其字字珠璣，語重心長。另外，老子也擅於設喻，如闡發「有」、「無」的觀念時，就以車、器、室等具體物件代表「有」，以中空之處代表「無」，以啓引人們進一步思考「無」之用，旨趣顯得雋永有味。《老子》雖是語錄體的散文，但在寫作上已相當講究邏輯性，也很重視文句的承接遞轉，如常以「故」、「是以」等轉折詞作爲行文的推斷。在早期散文的發展上，《老子》算是很有獨特風貌的一部哲理著作。

(2)莊子

莊子學說其要本於老子，對於自然之道也極力講求，主張順應自然，返璞歸眞。在散文的寫作上，相對於《老子》的精約雋永，《莊子》一書的文章則極力渲染鋪陳，或透過想像虛構的寓言來寄託深奧哲理，或用形象化的手段來表達玄妙事理，司馬遷《史記》曾謂「洸洋自恣以適己」，正指出《莊子》文筆奔放靈活，縱橫跌宕的風格特點，其在先秦諸子中是獨樹一幟的佼佼者。如〈庖丁解牛〉一則，是藉庖丁陳述分解牛體技藝的經過，闡發莊子的養生之道與處世哲學。文章開始從「庖丁爲文惠君解牛」引出解牛的現場畫面，庖丁展現的神技讓在旁觀看的文惠君也不禁發出「技盍至此乎」的驚歎。接著庖丁自述解牛的經驗談，這是全篇最爲精采的部分。其敍述先從自己所好者在「道」說起，然後說明自己由生到熟，由熟到巧的體驗進程，並由與良庖、族庖之比較，引出自己「游刃有餘」的用刀境界；最後仍強調「怵然爲戒」、「善刀而藏之」的細節。文末借文惠君「得養生焉」之語點出題旨，並總結故事。全篇的結構首尾完整、敍事井井有條，把庖丁解牛技術的奧祕，描寫得極爲細微生動，使解牛全程如現於目前，而其設想奇特，行文順達，氣勢酣暢，句句皆有深意，可引發讀者無限的感悟。再如〈濠梁之辯〉是敍述莊子和惠施在濠水的橋梁上，俯看鯈魚出游從容之景，引起聯想，因而展開了一場「濠梁之辯」。全文用對話形式鋪陳，兩問兩答，雙方緊扣魚樂的主題，層層進逼，思理清晰，氣勢銳勁。雖然對話、情節皆簡明扼要，但富有往復論辯的邏輯智慧，是一則文理條暢、機趣橫生的寓言。

(3)荀子

荀子是儒家學說的發揚者，其學識淵博，思理精深，在講學和著述上都有極高成就。在文章上則以結構嚴謹，議論透闢著稱，具有很强的邏輯性。雖不像其他諸子散文好用寓言，但在陳述事理時，常運用譬喻的方式，增加文章的說服力。如選自《荀子》中的〈勸學〉一篇，旨在闡明「學」的重要性，並勉强世人應愼其所學，積善成德。文章一開始以「學不可以已」說明學則才過本性之理，以下或從正面論述人當善假於學，或由反面說明君子當愼其所居遊，並愼其所學。然後又指出爲學應能積微有恆，用心專一，最後揭擧「眞積力久則入，學至乎沒而後止」的整體目標。全文意旨貫一，條理分明，句法整鍊，文脈通暢。至於文中有關自然現象或生活經驗的譬喻，多達數十個，且接二連三地出現，不但增添了生動多姿的風貌，也使這篇具有嚴肅題旨的論說文，更爲深入淺出，令人見而知意。

(4)韓非子

韓非子曾師事荀子，除了繼承荀子的思想，也吸收了之前法家法、術、勢三派的學說優點，成爲先秦法家的集大成者。所著《韓非子》五十五篇，多從人主角度探討如何駕馭臣民的問題，是有强烈針對性的政治論文。其文章筆鋒峭拔犀利，文字凝鍊順暢，論證縝密嚴謹，又極擅於運用譬喻及寓言來佐助說理，文章頗有法家凌厲峻刻的作風。如選自〈難一〉篇中的〈難儒者〉，旨在指出儒者對堯、舜兩譽的矛盾，突顯以德化民實不可恃，並宣揚以法治民的效率，提倡以勢服人的法家學說。文章開頭先引述舜解決了耕種、捕漁、製陶之事，並由孔子之語贊歎其以仁德化民之功；以下借題發揮，藉與儒者問答的方式，先指出聖堯、賢舜在事實上的矛盾，再歸結出「堯舜之不可兩譽」的說法；以下進一步對比德化與法治的得失。最後，更明白指出德化之難行，而法勢之簡易可行的道理。本篇表面上似是史評，實際爲政論，韓非反儒崇法的思想傾向於此可見。在行文上，其逐層深入的問答與駁難，是作者的巧心設計，欲辯欲駁的觀點，全由作者掌控。尤其全篇邏輯嚴密，層次分明，於放言恣意中，頗覺暢快淋漓，充分展現了韓非詭辯巧辯的才華及縱橫捭闔的行文風格。

(四)秦漢散文

先秦的經典散文、歷史散文及諸子散文，多以思想深刻、析理入微、結構謹嚴、文辭精鍊著稱，流風所及，秦及兩漢文家仍以先秦散文爲基礎，繼續發揚光大，創作許多優秀的篇章，開拓出另一番嶄新氣象。其中以務實尚用的政論文章，及深受先秦歷史散文沾溉的史傳散文，最可視爲兩漢散文的時代頂峯。

(1)李斯

李斯是秦之重臣名相，秦初的重要政令及制度，多出其手。除了對政治的熱衷，李斯也長於文學，所作文章排比瑰麗，氣勢奔放，開漢賦之先聲。最能體現他散文成就的，當首推〈諫逐客書〉一文。此文作於秦王政統一天下之前，按理應歸入先秦散文，唯爲求論述之便，在此仍置於秦漢散文部分。

〈諫逐客書〉是李斯上秦王的奏章，旨在勸諫秦王驅逐客卿之失策。文章開頭極力强調秦國繆公、孝公、惠王、昭王等先君，因重用客卿而使秦國深蒙富利彊大之益；這裡以殷殷可鑑的史實發揮論證的力量，作爲全文的張本；然後落回現實，動之以情，訴之以理，指出秦王所珍愛的寶物、用品、聲樂，皆非秦地所產，而來自於四方異國，然秦王莫不樂於享用，卻唯獨排斥各地人才，用人不論可否曲直，非秦之客卿，一律驅逐。如此「是所重者在乎色樂珠玉，而所輕者在乎民人也」，這實非「跨海內、制諸侯」之術，很顯然地，秦王的政策是本末倒置，是非不辨的失策。這直陳利害的剖析，正好切中秦王欲成就統一天下霸業的雄心。接著，李斯又論證納客與逐客的利弊，並用濃重筆墨强調廣招天下賢才對增强秦國國力、成就帝業的重要性。全文處處以秦國之利害爲著眼點，無一句涉及個人委屈理怨或卑下求情之語，故能字字懇切、句句悅聽，因而終能打動秦王，使秦王收回了逐客之令。《文心雕龍》曾評曰：「李斯自奏麗而動。」意謂本文極力鋪陳，詞采華麗，氣勢奔騰豪放，故能造成動人心魄的感染力量。這與全篇大量運用排偶句法，實有直接的關係。另外，從中也可見到李斯深受戰國策士議論縱橫捭闔餘風的影響。

(2)賈誼

賈誼自少即博通諸子百家，頗以文才著稱，是漢初著名的政論家及辭賦家。其政論散文氣勢雄偉，議論透闢，筆鋒犀利，對於後世文風影響頗大。其作品可以〈過秦論〉爲代表。「過秦」是西漢政論文中的重要主題，政論家以秦爲喻，闡發治亂之道，提供君主作爲借鏡。賈誼〈過秦論〉分爲上、中、下三篇，上篇是最受人稱道，也最具文學價值的一篇，旨在藉著敍述秦朝興亡的歷史，評論秦始皇政治上的得失，性質雖似史評，其用在於政論。全篇先鋪敍秦國自孝公以來厚植國力，走向富强的過程，因而即使六國極力延集優秀人才，相約合縱會盟，仍然被秦國一一擊敗。及至秦始皇滅六國、擴疆土、築長城、防外患、焚詩書、銷兵器，使國勢強盛達到極峯，但由於推行暴政，不施仁義，卻在陳涉等一羣「斬木爲兵」、「揭竿爲旗」的農民起兵發難、豪傑響應之下，迅速滅亡。賈誼以大肆渲染的筆墨，滔滔不絕地陳述完這段歷史後，卻未稍有鬆懈，緊接「且夫天下非小弱也」句，轉入議論，從地位、武器、兵衆、謀略等方面比較秦與陳涉之輩的成敗條件，指出導致「成敗異變，功業相反」的主要原因，實在於「仁義不施，而攻守之勢異也。」文章至此，斷然作收，以斬釘截鐵的語氣論斷秦過，充分達到文末點題的醒目效果，筆力可謂萬鈞。本文採先敘後論方式行文，脈絡清晰，事材翔實，文采斐然，自不待言；若就其技巧而論，則在層層的對比反襯中使論政的觀點尤覺鮮明，蘊有勁健不凡的服人氣勢；再加上賈誼以辭賦家之筆，縱意揮灑，大肆鋪排，使文章更顯得筆酣墨飽，極具強烈的感染力。本文能佼佼出衆，成爲擲地有聲的政論名篇，洵非枉然。

(3)司馬遷

司馬遷是史學家，所著《史記》在性質上亦屬歷史著作，但由於其文筆矯健，變化多端，因而語言洗練，不論是敍事或議論，均能條暢得理，在文學上的成就及價值也極爲崇高，歷來推爲「傳記文學」的絕佳典範。班固曾贊評說：「辨而不華，質而不俚，其文質，其事核，不虛美，不隱惡，故謂之實錄。」可說是對《史記》寫作精神及藝術成就的高度概括。如選自〈項羽本紀〉中的〈鴻門之宴〉，是頗爲膾炙人口的精采段落。

「鴻門宴」是具有殺機的一場宴會，在宴席之中，項羽和劉邦雙方人馬進行了一場鬥智謀、耍權術的謀略戰。項羽入秦，因曹無傷洩密反間之言，及范增「急擊勿失」的煽風點火下，而決意率大軍擊劉。正値油火將燃之際，項伯夜訪張良，劉邦約婚之事，驟使緊張情勢緩和，其後劉邦赴鴻門謝罪，卑躬曲膝的態度，頓時之間軟化了與項羽之間的嫌隙，文勢又見起伏。在酒筵間，范增數次示意項羽下決心殺劉邦，並召項莊舞劍助飲，以藉機刺殺；幸有項伯拔劍翼蔽劉邦，使席間緊張氣氛暫時凝滯，並有漸趨濃厚之勢。正在緊急關頭，樊噲闖入，與項羽產生互動，項羽被樊噲粗獷忠勇的形象氣質所吸引，竟呼爲「壯士」，賜之卮酒，賜之彘肩；在聽完樊噲慷慨陳辭後，項羽「未有以應」，使緊繃的對話氣氛又急速直落；項羽賜之坐，表面情勢似趨平緩，但席間衆人內在情緒想必是緊張無比的。而「沛公起如廁」的脫身逃歸，則正式破了「鴻門宴」的局；剩下的張良留謝，繼而在獻璧、項羽受璧、范增破璧的事後餘波中收尾而止。故事情節如在驚濤駭浪中行船，隨著浪高浪低而大起大落，使讀者的情緒亦全隨之數度起伏，可見作者敍事極盡翻騰跌宕之能事。霸主項羽和劉邦、謀臣范增和張良、武士項莊和樊噲，這三組主要人物在全篇故事中，或針鋒相對，或暗懷鬼胎，其性格的細微情態，皆在司馬遷筆下，表露無遺。傳記之文貴能傳神，因此全篇對話及敍事的語言，並不刻意追求工整華美，但字斟句酌，在精鍊暢達的文辭中，能見人物鮮明的神態。如寫樊噲受項羽所賜卮酒與彘肩一節，原文爲：

> 噲拜謝，起，立而飲之。
>
> 樊噲覆其盾於地，加彘肩上，拔劍切而啗之。

二處描寫樊噲一連串的動作，就用了「拜」、「起」、「立」、「飲」、「覆」、「加」、「拔」、「切」、「啗」等諸多動詞，意象連貫而生動，突顯出樊噲豪邁粗獷的形象。就情節的鋪排、氣氛的營造而言，本篇用筆恢宏壯盛，氣勢翻騰富有變化；就人物形象及性格的描繪而言，則細膩奇詭。這平實中帶有「恢詭」的風格，充分展現了老練的史家筆法，是相當成熟的史傳文學名篇。

二、精緻巧麗的魏晉南北朝文學

魏晉南北朝是個世積亂離、風衰俗怨的時代。政治社會的情勢雖然頗爲擾攘不安，但在文學方面，卻作家蔚起，詩文的創作也體類繁夥，粲然可觀，是文學發展史上極爲成熟，風格趨於精緻巧麗的一個時期。以下從詩、散文、賦及小說四方面，說明此時期作家與作品的風格。

(一)詩

先秦兩漢時期的詩歌以民間作品較多，而魏晉南北朝時期則以文人創作較爲興盛，相較而言，其情思的表現更爲深刻，藝術手法也更顯成熟。以下所舉曹操及陶淵明兩人的作品，一爲入世進取，一爲出世淡泊，主題與風格迥異，各有佳趣，足堪玩味。

(1)**曹操**

曹操在三國時代是文才武略兼佳、政治軍事並擅的霸主，對於建安文壇也有先導之功。其詩文沉雄，富有慷慨豪情，頗受後世詩評家的讚賞。梁鍾嶸《詩品》謂「曹公古直，甚有悲涼之句。」即指出曹操詩歌具有古樸質直、悲壯蒼涼的風格特點。如〈短歌行〉一詩，係曹操採用漢代樂府舊題所作的新詞，大抵因聲調短促而得名，是其四言詩中的壓卷名作。全詩爲：

對酒當歌，人生幾何？譬如朝露，去日苦多。
慨當以慷，憂思難忘。何以解憂，惟有杜康。
青青子衿，悠悠我心。但為君故，沉吟至今。
呦呦鹿鳴，食野之苹。我有嘉賓，鼓瑟吹笙。
明明如月，何時可掇？憂從中來，不可斷絕。
越陌度阡，枉用相存。契闊談讌，心念舊恩。
月明星稀，烏鵲南飛。繞樹三匝，何枝可依？
山不厭高，海不厭深。周公吐哺，天下歸心。

全篇四言，共三十二句。寫人生易逝，英雄豪傑應及時奮發，共振大業，充分顯現了曹操求賢若渴、爲國攬財的迫切心情。詩先詠歎，後抒懷，其中或化用《詩經》文句，或以比興借代手法，如以朝露比喻生命、以鹿比喻士人、以明月比喻賢才、以烏鵲比喻英雄之落拓、以杜康借代酒、以子衿借代士子等，把期待「天下歸心」的願望寫得誠懇殷切，也反映出政治家遠大的理想及恢宏的胸襟，詩中夾雜人生如朝露、憂思難忘的消極情緒，可謂是一篇豪邁中流露蒼涼風格的作品。故沈德潛評曰：「沉雄俊爽，時露霸氣。」正能切中其風格特點。

(2)陶淵明

陶淵明有「田園詩人之祖」的稱號，在我國文學史上享有極高的盛名。其詩文自然質樸，平淡有致，作品多流露出歸隱的心願及愛慕山水田園的情趣。如〈飲酒〉詩共二十首，爲酒後漫興抒懷之作。其詩之五「結廬在人境」一首，歷來最爲膾炙人口。

結廬在人境，而無車馬喧。問君何能爾，心遠地自偏。
採菊東籬下，悠然見南山。山氣日夕佳，飛鳥相與還。
此中有真意，欲辨已忘言。

這是陶淵明辭官歸隱後的作品。由於遠離世情塵囂，故借「飲酒」爲題，抒發一己淡泊名利的心境和悠然自得的情懷。全詩融情於景，故詩中「菊」、「南山」、「山氣」、「飛鳥」

等景物，皆富有「悠然」的意趣。在淡泊清新的文字敍述中，也寄託了遙深的人生哲理，其中「眞意」頗能耐人尋味。朱熹曾說：「陶淵明詩，平淡出於自然。」（《朱子語類》）這首詩所體現的，正是一種平淡自然的「本色」。

㈡散文

魏晉南北朝的文人對於文學的地位及價值，有一番較爲深入、肯定的認知。在體裁上，有多元的嘗試，章表奏議、書序雜文等各類，均不乏佳篇；而在創作上，也更講求形式的美感，因此漸有「散文駢化」的現象產生。以下所介紹的諸家散文，表面上爲散體，但文中排偶的句式頗衆，增加了文章的工整性，在研讀時可多加留意。

1.名家名作介紹

(1)曹丕

曹丕自幼聰敏，博聞强識，好讀詩書，雅好文學，與父曹操、弟曹植同爲建安文壇的領袖。詩、賦、文皆有佳篇，〈典論論文〉則開我國文學批評之先河，歷來極受文家重視。文中對於「審己以度人」文學批評態度的建立、七子的評價、文體的分類、作家的才性與風格、文章的地位與價值等課題，均有廣泛精闢的論述，是一篇發前人所未發，影響後世文論發展的重要篇章。作者將對文學的見解娓娓道來，態度嚴正剴切，敍述有條不紊，順理而成章，在精鍊簡潔的文筆中，能見到曹丕過人的才學。至於〈與吳質書〉則是曹丕寫給好友吳質的一封書信。信中追念舊遊、傷悼亡友，表現了對友人的深摯情感，也在撫今追昔中寄寓對人生無常的慨歎。本文寫作較〈典論論文〉爲晚，兩篇對於建安七子皆作出評價，但語氣顯然不同。〈典論論文〉旨在論文，對於七子有總評、有分評，態度平正而冷靜；而本文則是曹丕在整理編訂諸友遺文，睹物思人之餘，也爲他們的成就提出公允評價，其旨在傷逝，既傷亡友早逝，也傷知音難遇，故帶有較多的感傷意味。本文語言流暢，情意眞摯，文采斐然，即使用典也妥貼巧妙，通篇充滿了感性的語調，是曹丕極享盛譽的書信體抒情散文。

(2)諸葛亮

諸葛亮是三國時期極爲傑出的政治家、軍事家，雖不以文章著稱，但文才同其武略，皆屬穎絕不凡，文章具有樸實眞摯、論理精闢的風格特點。蜀漢後主建興五年，諸葛亮準備北伐曹魏，出師前所上的〈出師表〉，是千古傳誦的不朽名篇。文中向劉禪提出「開張聖聽」、「察納雅言」、「親賢臣，遠小人」等具體的諫言，並表明「興復漢室，還于舊都」的堅定決心。其句句切實，語語中肯，有很明確的針對性和指導性，充分展現老臣謀國的忠忱和顧念後主的厚望。此表固然以說事論理爲主，但自「臣本布衣」以下一段，將劉備三顧茅廬、深受知遇及臨終託孤等事一一回顧，娓娓道來，語重而心長，用語雖平實，但卻情深意篤，感人心弦。全篇情理交織，志盡文壯，讓人讀後可以深切感受到政治家謹守分際，盡忠無私的恢宏氣度和崇高節操。陸游〈書憤〉一詩云：「出師一表眞名世，千載誰堪伯仲間。」此文千古傳誦，良有以也。

(3)李密

李密原是蜀漢尚書郎，蜀亡後，晉武帝屢次徵召，均以侍奉祖母爲由而辭不赴命，及祖母去世，始出任官職。所作〈陳情表〉是他唯一傳世，也是最受稱道的作品。晉武帝泰始三年，詔徵李密爲太子洗馬，李密鑑於祖母年邁多病，乏人奉養，遂上此表懇辭。表中陳述自己和祖母相依爲命的境況，和終養祖母的願望，以申說自己暫不奉詔的苦衷。李密把對祖母的報親之情、朝廷知遇的恩情、願乞終養的私情、辭不奉詔的怖懼之情等，一一歷敍，寫來委婉盡致，眞情流露，「情」正是貫串全文的主線，所以文章層次清晰，情理融貫。尤其駢散相間的文句，密而不促的四字句式，使全篇更顯莊重暢達，不但反映出陳情者哀哀上告的誠謹心情，也富有強烈的感染力量。

(4)王羲之

王羲之自幼聰慧，博學多聞，最擅於書法，草、隸、行諸體均自成一格，冠絕古今，有「書聖」之美譽。詩文則清新雋永，多含哲理。〈蘭亭集序〉一文，是王羲之爲當時名士在蘭亭宴會詩集——《蘭亭集》所作之序，並曾以精妙絕倫的書法書寫此文，可謂書聖的名篇名跡。文章先敍後議。前半對蘭亭一地的春景、遊宴的盛況，有清新簡練的描繪；後半則由遊宴之樂轉而興發此樂不能長存，及死生無常的感懷。情緒由樂轉悲，文章旨趣也趨於深沈；最後則點明作序之旨，以「後之覽者，亦將有感於斯文」之期待收筆。其舒展自如，層次井然，語勢平穩，格調淡雅。在六朝玄理清談之習大盛，「理過其辭、淡乎寡味」作品風行的情況下，本篇仍能不事雕琢，樸素自然，故頗有清新之感。至於以敍議結合的方式來抒懷述志，則成爲後世山水遊記文章沿用的常例。

(5)陶淵明

〈桃花源記〉描繪出一幅沒有世俗塵網羈絆的人間樂園景象，是陶淵明散文中最爲人所津津樂道的名篇。全文用寓言小說的筆法，從捕魚人誤入桃花源的經歷爲主線展開寫作，敍寫出桃花源恬靜美好的自然景色，及古樸淳厚的人情之美，在虛景實寫的手法中，營造出引人入勝的清新情境；文末交代太守、高士劉子驥尋覓不得的情節，更似確有其事；最後以「後遂無問津者」作結，在曲折起伏的情節中寄託悠然不盡的餘韻。淵明〈飲酒〉詩云：「此中有眞意，欲辨已忘言」，正與此文虛擬出的理想境界相呼應。全文構思奇巧，寓意深遠，以簡潔清新的文辭，勾勒出自然質樸的世外桃源，其魅力十足，在趨於華美綺麗的六朝文風之中，自屬別具一格的佳篇。

(6)范曄

范曄是著名的史學家，撰有《後漢書》，記載東漢一百九十六年之歷史。其爲文意旨精深，文筆疏放，脈絡分明。〈逸民列傳序〉一文是范曄爲《後漢書・逸民列傳》所作的篇序，旨在肯定逸民之地位，並藉以表彰隱逸的風氣。文中首段述及隱逸風氣形成的歷史背景，分析隱士隱居的原因與動機，並舉柳下惠、魯仲連兩人事例，證明隱士與世隔絕的性格取向不可與追逐浮利之人相提並論。次段則偏重分析東漢亂世之際隱逸風氣盛行的現象，此處用光武帝和章帝（肅宗）招納隱士之事爲對比，映襯出隱逸風尚興盛與政治帝德良窳有關，以突顯「舉逸民，天下歸心」的道理，隱有借古諷今、批判社會現實的深意，能引人細思。全篇意旨顯達，思緒清晰，信筆拈來的經史典故，展現了作者博通的才學，駢散相間的句子，更增添了音節的和諧美感，這都是本篇可受稱道的特點。

(7)酈道元

酈道元所著的《水經注》，不僅在地理學上有重要地位，在文學上的成就也很受人矚目。其狀繪地貌水文，意態生動，妍麗絕倫，引述前古往事，亦頗能喚起歷史興亡、物是人非之感。節錄的〈水經江水注〉一文，描繪長江在三峽一段長約七百里沿岸的自然景色。山高水險是三峽一地的主要景觀，因此文從廣陵峽（瞿塘峽）寫起，江水經巫峽、新崩灘、大巫山，皆寫山的氣勢與高峻；接著寫東界峽之峻狹、人灘之奇景、黃牛山南岸之奇石、黃牛灘一帶紆深的水路；末段以《宜都記》之文概述三峽的山光水色，再引袁山松之語，盛稱其山水之美。對於一路所見奇山異水的勝景，皆作了清麗傳神的描繪，就如同一幅幅令人流連的山水卷軸在眼前舒展而過。其筆調樸實，點染多姿，並隨意融入傳說、歌謠及前人說法，是極具藝術魅力的寫景佳篇。

(8)丘遲

丘遲擅長駢文及山水詩，辭采逸麗，遺留的詩文不多，以〈與陳伯之書〉一文馳名於文學史。南朝梁天監四年，臨川王蕭宏北伐，陳伯之率兵相拒，於是蕭宏命記室丘遲修書勸降。文中責之以義、曉之以理、動之以情、誘之以利，並威之以勢，層層深入，娓娓動聽，剖析了局勢，陳述了利害，交代了政策，指點了出路，文辭委曲婉轉而氣勢充沛，且語語切要，終於打動了陳伯之，使之隔年即幡然來歸，達到書信勸說的目的。可見其情至意切，語勢鋒利所產生的感染力。至於本文駢偶的句法形式也極爲成熟，可以見到六朝駢文華美綺麗風格之一斑。

2.綜合比較

(1)「表」體文章的比較

「表」是古代人臣向君主陳述事理、標舉主張、提出請求的文書。〈出師表〉和〈陳情表〉

兩篇，前者直言暢敘，後者婉言盡致；前者盡「忠」之忱，後者極「孝」之篤，皆爲是「表」體中的名篇。

〈出師表〉是諸葛亮以先帝託孤重臣的身分，向後主提出忠誠的建言，文中有勸勉、有開導、有自誓，處處可見直言心曲的忠摯之情。是一篇語重心長、情深意篤、志盡文壯的文章。

〈陳情表〉則是李密以前朝遺臣的身分，向皇帝自陳處境，提出個人私情請求的公文。文中歷敘自己和祖母相依爲命的境況、祖母撫育的恩情，和終養祖母的心願，以陳述自己辭不赴命的苦衷，寫來委婉盡致，深切感人。由於所述全發於眞情至性，不假矯飾，所以尤覺樸實眞切，與〈出師表〉同屬情理並臻，令人讀之動容的千古佳作。

(2)「書」體文章的比較

書信是一種應用文體。由於寫作目的及受信對象不一，或是抒情、敘事、說理成分比重的不同，因此風格的呈現也就千姿百態，各異其趣了。

〈與吳質書〉及〈與陳伯之書〉兩者都是魏晉時的書信名篇，前者是曹丕寫給好友吳質的信，旨在抒發追念舊遊、傷悼亡友之情，其情眞意摯，語調感性，暢敘了撫今追昔的深衷心曲。其抒情成分較高，風格的表現較爲雋永深沈。後者是丘遲應命寫給陳伯之的信，旨在招降，書中情理並陳，氣勢充沛，語調犀利，充分掌握受書者的心理，以達勸誘的目的，文章以論說的成份爲重，所以風格較爲綿麗勁健。雖然兩篇風格略異，但同樣是委曲盡致、文采斐然、動人肺腑的書信典範。

(3)「序」體文章的比較

「序」是用來說明著作動機、目的或旨趣的文章體裁，可用於專著之前，也可用於單獨的篇章之前。

〈蘭亭集序〉是書法家王羲之爲遊宴名士詩集所作的書序，文章在敘景寫樂之外，也興發出人生的感懷，用語略帶感性，具有文辭淡雅、情思深沈的風格特點。

〈逸民列傳序〉則是史學家范曄爲〈逸民列傳〉一篇所寫的篇序。文中以獨善其身的隱逸之士爲立論中心，綜述逸民之風與逸民之行，敍中有議，層層闡論，脈絡清晰，在分析的理性中表現旨深意遠的用心，富有批判現實之意。

(三)賦

興於楚、盛於兩漢的賦，到了魏晉南北朝仍受文人的喜愛和重視，成爲「俳賦」（駢賦）發展繁盛的時期。文人創作風氣極盛，名篇也甚多，不過篇幅短小，辭藻清麗，較能表現作家的獨特性情。

「建安七子」中成就最高的王粲，曹丕〈典論論文〉稱他「長於辭賦」。王粲今存賦二十多篇，題材多樣，體製短小，內容豐富，情意充沛。〈登樓賦〉是他在荊州登當陽城樓所作。

登茲樓以四望兮，聊暇日以銷憂。覽斯宇之所處兮，實顯敞而寡仇。挾清漳之通浦兮，倚曲沮之長洲；背墳衍之廣陸兮，臨皋隰之沃流。北彌陶牧，西接昭丘；華實蔽野，黍稷盈疇。雖信美而非吾土兮，曾何足以少留？

遭紛濁而遷逝兮，漫踰紀以迄今；情眷眷而懷歸兮，孰憂思之可任？憑軒檻以遙望兮，向北風而開襟。平原遠而極目兮，蔽荊山之高岑；路逶迤而修迥兮，川既漾而濟深。悲舊鄉之壅隔兮，涕橫墜而弗禁！昔尼父之在陳兮，有「歸歟」之歎音；鍾儀幽而楚奏兮，莊舄顯而越吟。人情同於懷土兮，豈窮達而異心？

唯日月之逾邁兮，俟河清其未極。冀王道之一平兮，假高衢而騁力。懼匏瓜之徒懸兮，畏井渫之莫食。步棲遲以徙倚兮，白日忽其將匿；風蕭瑟而並興兮，天慘慘而無色。獸狂顧以求羣兮，鳥相鳴而舉翼。原野闃其無人兮，征夫行而未息；心悽愴以感發兮，意忉怛而憯惻。循堦除而下降兮，氣交憤於胸臆；夜參半而不寐兮，悵盤桓以反側。

王粲生逢亂世，流寓荊州，而未獲劉表重用，於是登高覽望之際，眼見異鄉景物之美，不由得觸發了自己的鄉關之思、亂離之感及不遇之慨。全賦分爲三段。第一段寫登樓眺望，期藉眼前景消解鬱結的隱憂。「雖信美而非吾土兮，曾何足以少留」兩句，更反襯出思鄉懷土的强烈心情。第二段回顧遭逢亂世的經歷，抒發思鄉懷歸的情緒。第三段表達才志抱負無從施展的悲憤苦悶。這種由社會動亂及自身遭遇糾結而成的憂思，極爲深沈難解。作者從悵惘、沈思而徘徊，最後仍得帶著憂愁下樓，憂思順著文勢發展而愈趨强烈，在情景交融中，隱隱繪出一幅在蕭瑟蒼涼氣氛中滿懷身世之憂的詩人形象。這篇賦是建安時代抒情小賦的傑作，其層次清晰，措辭雅麗，聲情諧暢，並無漢賦堆砌鋪陳之習，在反覆吟詠中，更覺文意悠然不盡。

(四)小說

魏晉南北朝是小說雛型的奠基時期，大致可分爲志人小說及志怪小說兩類。前者記述名人高士的生活軼事，如劉義慶《世說新語》；後者則纂錄神鬼怪異的傳說奇聞，如張華《博物志》、干寶《搜神記》及《列異傳》等皆是。從形式來看，兩者篇幅皆相當短小，長者百餘字，短的不過數十字，所記大多零星片斷，缺乏完整的情節結構，不過讀來雋永有味。

(1)志人小說——《世說新語》

《世說新語》以簡練雋永的文字記載東漢至魏晉間名士的言行談辯、軼聞趣事，深刻反映了當時士人生活的風貌。其篇幅雖甚爲簡短，卻妙趣橫生，可資細思玩索。以下略舉三則加以說明：

〈謝太傅寒雪日內集〉（即〈詠絮之才〉）一則，以「撒鹽空中差可擬」與「未若柳絮因風起」兩句來比喻白雪紛飛之景，並由對照中突顯謝道韞聰敏高妙的文才。其敍事情節單純，但文士的生活雅趣卻躍然紙上。

〈魏武嘗過曹娥碑下〉（即〈絕妙好辭〉）一則，敍述曹操與楊修共讀曹娥碑文「黃絹幼婦外孫齏臼」，而領悟卻有遲悟之別，以見兩人才氣之高下。從中可略見文人由析語解字表現捷悟之才的時代風尚。

〈王子猷居山陰〉（即〈王子猷訪友〉）一則，由王子猷於雪夜乘興訪友人戴安道卻未見即返之事，表現出名士任性放達的行徑與風度。文末語勢在「吾本乘興而行，興盡而返，何必見戴？」幾句突然作收，更蘊生耐人尋思的餘韻。

(2)志怪小說——《列異傳》

志怪小說大多不是文士刻意的創作，所記述的也只是鄉里間的異聞傳說，因此常託名他人，以致作者頗易引起猜疑。《列異傳》在唐以前，傳爲曹丕所撰，但唐以後則以爲是張華所著。其中〈定伯賣鬼〉一則，敍述宗定伯夜行遇鬼，卻毫不畏懼，他佯稱自己是新死不久的鬼，要求與鬼偕行，趁機打探了許多鬼的禁忌，知鬼不喜人唾，於是設計在鬼變成羊之時，吐了一口唾沫，在市集上把鬼當成羊，賣了一千五百錢的經過。其首尾完足，情節波瀾起伏，透過定伯與鬼之間簡要而生動的對話，把原本樸質的故事鋪陳得很能吸引讀者閱讀的興趣，是一篇具有詼諧趣味的志怪佳作。

三、絢爛多姿的唐宋文學

唐宋兩代是中國文學發展中極爲繁榮的時期，其作家衆多，作品如林，無論是詩、詞、散文、賦或傳奇小說，其質量均佳，姿態橫出，別開生面，取得了絢爛耀眼的成就。

在現行高中國文各家版本的選文中，唐宋文學作品入選的篇數可說是最多的，且篇篇皆有特色，值得細心加以賞讀。

(一)詩

詩在唐宋時代是極爲興盛輝煌的一種文體。唐代承漢魏六朝的餘風，除古體詩之外，又發展出格律較爲嚴格的近體詩。而宋詩則繼唐代遺緒而起，在「詞」之外，別開新局，成爲宋代文學的重要文體。唐詩、宋詩除了時代有別外，在創作風格上也有顯著的差異。以下先介紹唐代詩人及作品，其次再介紹宋詩，最後對於唐詩與宋詩風格的異同也略加比較。

1.唐詩

唐代是近體詩的王國，就體製上而言，有絕句和律詩之分；就題材上而言，有自然田園、邊塞、社會、奇險等派別；就發展上而言，則可分成初唐、盛唐、中唐及晚唐四個時期。除了近體詩外，唐代仍有古體詩或樂府歌行體詩歌的作品出現，以下一併介紹：

初唐時期，「初唐四傑」之一的王勃，在創作上力求擺脫齊梁時的華麗詩風，其五言律詩和絕句之成就頗高。如〈送杜少府之任蜀川〉是其代表作：

城闕輔三秦，風煙望五津。與君離別意，同是宦遊人。
海內存知己，天涯若比鄰。無為在歧路，兒女共沾巾。

這是送別時勸慰好友贈言之作。雖旨在敘寫離情，但並無悲傷哀淒的低沈情調，反而在爽朗灑脫的語氣中流露出深摯的友情，詩境高超，令人耳目一新。

盛唐時期作家輩出，如王維雖以閒適淡遠的山水田園詩著稱於世，但〈使至塞上〉便是一首描寫邊塞壯麗風光的邊塞詩。全詩爲：

單車欲問邊，屬國過居延。征蓬出漢塞，歸雁入胡天。
大漠孤煙直，長河落日圓。蕭關逢候吏，都護在燕然。

此詩的頷聯，寫塞外征蓬飄舞、春雁北歸之景；頸聯寫大漠、長河、孤煙、落日的壯闊景象，讀來也頗具「詩中有畫」的意境。另外〈九月九日憶山東兄弟〉：

獨在異鄉為異客，每逢佳節倍思親；
遙知兄弟登高處，遍插茱萸少一人。

這則是王維少年時期所作。全詩用語平易，但「每逢佳節倍思親」一句，道出千古遊子共同的思鄉情懷，是一首表露深沈心聲的作品。

再如崔顥〈黃鶴樓〉一詩，是寫登臨訪古、感慨今昔、抒發鄉關思情的名作。詩云：

昔人已乘黃鶴去，此地空餘黃鶴樓。
黃鶴一去不復返，白雲千載空悠悠。
晴川歷歷漢陽樹，芳草萋萋鸚鵡洲。

日暮鄉關何處是，煙波江上使人愁。

全詩層次分明，不避重出，且格律嚴整，詩意如一氣呵成，很可見得詩人細膩的巧思。尤其後半四句，以觸景傷情之筆，點染登樓遠眺者的愁緒，使日暮懷歸之深情更加虛渺難測，故沈德潛曾評此詩：「意得象先，神行語外，縱筆寫去，遂擅千古之奇。」（《唐詩別裁》）可見此詩受到推崇之一斑。

另外，「詩仙」李白的詩情豪邁、才華橫溢，所作詩更是不拘一格，如〈長干行〉是援用樂府舊題寫成的作品：

妾髮初覆額，折花門前劇。郎騎竹馬來，遶床弄青梅。同居長干里，兩小無嫌猜。十四為君婦，羞顏未嘗開。低頭向暗壁，千喚不一回。十五始展眉，願同塵與灰。常存抱柱信，豈上望夫台。十六君遠行，瞿塘灩澦堆。五月不可觸，猿聲天上哀。門前遲行跡，一一生綠苔。苔深不能掃，落葉秋風早。八月蝴蝶黃，雙飛西園草。感此傷妾心，坐愁紅顏老。早晚下三巴，預將書報家。相迎不道遠，直至長風沙。

全詩用少婦口吻，敍寫長干里一對年輕男女從青梅竹馬而至成婚、以至丈夫經商遠別，而引發相思盼歸心情的故事。在敍事中有抒情，而情意眞切感人。李白對於女子形象的描繪、心情的捕捉，皆極爲細膩傳神，詩末：「相迎不道遠，直至長風沙」兩句，更將女子盼歸的一往深情表露無遺，從此可見李白作詩構思，措辭及敍事抒情的非凡功力。又如〈送友人〉是敍離情的名篇。詩云：

> 青山橫北郭，白水遶東城。此地一為別，孤蓬萬里征。
> 浮雲遊子意，落日故人情。揮手自兹去，蕭蕭班馬鳴。

前半的四句，是李白敍寫爲友人送別的場景；後半四句則是在情景交融中，抒發依依不捨的眞情。全詩情思直出胸臆，文辭淡雅，但意境卻極爲悠遠，是送別詩的佳作。與前述王勃〈送杜少府之任蜀川〉並觀，兩詩皆是爲友人送別而作，也都表現了詩人依依不捨的眞情，但在揮手惜別之際，卻見豁達的襟懷，並無纏綿悱惻的哀傷情調，故境界尤爲開闊高朗。

「詩聖」杜甫一向以語言精鍊、格律謹嚴著稱於詩壇。由於生逢安史之亂，故詩中常反映社會離亂，關心民生疾苦，流露感時傷今之情，故又有「詩史」之稱。杜甫擅寫律詩，如〈月夜〉一詩，是他因安史之亂困於長安城，於秋夜望月之時，懷念自己妻子所寫的作品：

> 今夜鄜州月，閨中只獨看。遙憐小兒女，未解憶長安。
> 香霧雲鬟濕，清輝玉臂寒。何時倚虛幌，雙照淚痕乾。

雖是思家之作，但卻不從自身寫起，反而設想其妻此刻正獨自在鄜州看月的情景。詩的構思新穎，筆法含蓄，用字細膩，在妻子孤寂的懷想中，襯托出自身的落寞，使全詩風格顯得極爲沈鬱。另如〈石壕吏〉是杜甫敘寫其在安史之亂中，親眼目睹官吏強徵民役所造成的民間苦況：

> 暮投石壕村，有吏夜捉人。老翁逾牆走，老婦出門看。吏呼一何怒！婦啼一何苦。聽婦前致詞：「三男鄴城戍。一男附書至，二男新戰死。存者且偷生，死者長已矣。室中更無人，惟有乳下孫。有孫母未去，出入無完裙。老嫗力雖衰，請從吏夜歸。急應河陽役，猶得備晨炊。」夜久語聲絕，如聞泣幽咽。天明登前途，獨與老翁別。

雖純爲客觀寫實，但實爲有感而發。其筆墨簡潔洗鍊，在一百二十個字中，把「有吏夜捉人」的全部過程，透過親身見聞作了完整記錄，對於戰亂下無辜人民所受苦難，表達了自己最深切沈痛的關懷，是一篇以社會寫實爲主題的敘事詩。至於〈旅夜書懷〉一詩，則是杜甫晚年抒發半生飄泊、志業無成感慨的名篇：

> 細草微風岸，危檣獨夜舟。星垂平野闊，月湧大江流。
> 名豈文章著？官應老病休。飄飄何所似？天地一沙鷗。

詩的前半寫景，境界開闊；後半「書懷」，感慨深刻。全篇情景相生，表達人生處境的不甘與無奈，十分深刻動人。杜甫作詩一向致力於錘鍊字句的工夫，如本詩「星垂平野闊，月湧大江流」二句中的「垂」字，更顯夜中平野空闊之景，而「湧」字，則更見江波激流動蕩之勢，杜詩字句之精鍊生動，於此可見。

中唐時期提倡「新樂府運動」不遺餘力的白居易，早年寫作了不少以社會寫實爲主題的詩文作品，反映人生，諷諭時事，風格大多清新平易，婦孺能解。〈琵琶行〉（詩長不錄）是白居易極爲傑出的敘事長篇，以七言樂府詩體寫成，藉琵琶女的不幸遭遇，抒發自身受讒而遷謫，「同是天涯淪落人」的深沈鬱悶。詩中描摹如泣如訴的琵琶樂聲，比喻生動、用語貼切；而敘寫琵琶女昔盛今衰的不幸遭遇及自述遷謫失意的怨憤，則淒涼哀婉，令人動容。在敘事摹聲之中，抒發了最深摯的感情。詩雖長達八十八句，但結構謹嚴，層次分明，敘筆細膩，詞采華美，用情亦酣暢淋漓，讀來尤富餘韻，耐人尋繹。

詩至晚唐，風格漸趨綺麗唯美，作品常流露出幽深冷豔的特色。杜牧和李商隱，人稱「小李杜」，是晚唐時期的代表作家，但其中也不乏清麗之作。杜牧的〈山行〉一詩：

遠上寒山石徑斜，白雲生處有人家。
停車坐愛楓林晚，霜葉紅於二月花。

這是杜牧秋日遊山所寫的即景之作。前二句寫高寒的秋山，後二句寫紅豔的楓林。山中景物在詩人筆下被描繪得清朗秀麗，襯托出詩人面對大自然時的愉悅心情，是一首筆墨洗鍊，設色鮮明，意境優美的小詩。至於李商隱之詩，向來以精於用典、造語穠麗著稱，但〈夜雨寄北〉一詩，則不用典故，不事雕琢，完全直敘胸臆，故極具情致：

君問歸期未有期，巴山夜雨漲秋池。
何當共剪西窗燭，卻話巴山夜雨時。

全詩以眼前之景寄寓相思之情，並作未來懷想，其融情於景之用意極爲眞切，讀來直似口語對話般地平淺自然，但又委婉富有深情。

2.宋詩

宋詩在繼承唐詩傳統的基礎上，又追求新變，在思想內容和風格表現上皆呈現出獨特的面貌。如宋人常以散文爲詩，以議論爲詩，故作品多富含哲理。

在北宋詩壇，王安石、蘇軾及黃庭堅等人，可說是引領風氣的大家。王安石的〈明妃曲〉一詩，以王昭君和親之史事爲題材，擺脫悲怨之情，另闢蹊徑，獨出新意。全詩如下：

明妃初出漢宮時，淚溼春風鬢腳垂。低徊顧影無顏色，尚得君王不自持。歸來卻怪丹青手，入眼平生幾曾有？意態由來畫不成，當時枉殺毛延壽。一去心知更不歸，可憐著盡漢宮衣。寄聲欲問塞南事，祇有年年鴻雁飛。家人萬里傳消息：「好在氈城莫相憶。君不見，咫尺長門閉阿嬌，人生失意無南北。」

詩的前八句敍寫「初出漢宮」時，後八句描述「一去」異域後。詩中稱頌明妃絕佳的姿容氣質，和她心繫漢家的堅貞，充分表現出明妃溫厚、執著而高潔的情懷。全篇以古文筆法入詩，層次分明，頗多轉折頓挫。尤其每四句換韻，韻隨意轉，更增添了跌宕情致。王安石在仁宗嘉祐年間親臨宋遼邊境，有感於燕雲十六州未能收復，遂借昭君和親之事以寄託感慨，使原本單純的詠史題材，又多了些弦外之音。

蘇軾〈和子由澠池懷舊〉是與弟轍唱和的一首七言律詩：

人生到處知何似？應似飛鴻踏雪泥。
泥上偶然留指爪，鴻飛那復計東西！
老僧已死成新塔，壞壁無由見舊題。
往日崎嶇還記否？路長人困蹇驢嘶。

這首詩旨在藉懷舊爲題，抒發人生短暫、人事無常的感歎，並期勉彼此以蕭灑達觀的襟懷看待人生的際遇。詩的開頭四句純爲議論，以「雪泥鴻爪」譬喻人生際遇的偶然與無常，蘊涵了耐人尋味的理趣，這正是宋詩重哲理的顯例。但東坡將對人生的感歎轉移至懷舊憶往，則展現他灑脫豁達的人生態度。本詩雖是應和之作，然東坡不拘常法，直陳胸臆，寫來依然飄逸曠遠，表現出東坡詩的本色。

黃庭堅作詩主張「奪胎換骨」、「點鐵成金」的推陳出新之法，他講究用典，又甚重練字，所作詩多有古樸奇峭之風，開「江西詩派」的先聲。〈寄黃幾復〉是黃庭堅寄贈同鄉好友黃幾復的詩作。詩中抒發朋友間離別懷想之情。全詩如下：

我居北海君南海，寄雁傳書謝不能。
桃李春風一杯酒，江湖夜雨十年燈。
持家但有四立壁，治病不蘄三折肱。
想得讀書頭已白，隔溪猿哭瘴溪藤。

詩中「我居北海君南海」、「寄雁傳書」、「四立壁」、「三折肱」等句多處用典，無一字無來歷，但又別具新意，清暢自然。在作者的巧思安排下，或正反互對、或今昔對比，皆妥貼允當，不見斧鑿之跡。而末聯二句，以設想之景，寄淒清之情，使全詩意遠情深，蘊有無窮之韻。

宋代理學興盛，理學家作詩，往往注重寓物說理，更助長了以哲理入詩的風氣。如朱熹〈觀書有感〉一詩：

半畝方塘一鑑開，天光雲影共徘徊。
問渠那得清如許？為有源頭活水來。

從字面上看，這是一首景致清新的寫景之作，但聯合詩題而觀，則可知作者是要藉自然景物為喻，闡發讀書治學的心境體會。源頭有活水流動，水塘方能保持清澈明淨；人也必須不斷吸取新知，寸心才得以明潔無瑕，並避免思想的陳腐和僵化。其寓物說理的技巧貼切而高妙，既有哲理思考的深度，又有雋永可味的情韻，是一首極富理趣的傑作。

宋詩除了闡發理趣的作品外，也有充滿閒適情趣的田園詩及慷慨激昂的愛國詩。前者可以范成大為代表，後者則以陸游為代表。

范成大的詩風清潤溫雅，所作田園詩最受世人稱道。如晚年隱居石湖所寫〈四時田園雜興〉六十首組詩，按季節分為「春日」、「晚春」、「夏日」、「秋日」及「冬日」五部分，可說是范成大田園詩的代表作品。〈春日田園雜興〉（其三）：

高田二麥接山青，傍水低田綠未耕。
桃杏滿村春似錦，踏歌椎鼓過清明。

全詩在描寫春日的農村田園風光，乃農人們歡度清明時節的景況。詩人從遠景到近景，從村外到村內，以輕描淡寫之筆敍寫農村的閒情之趣，讀來頗有清新安適之感。

愛國詩人陸游一生作詩近萬首，多為憂國傷時之作，詩風雄健豪壯，奔放淋漓。如〈書憤〉一詩：

早歲那知世事艱，中原北望氣如山。
樓船夜雪瓜洲渡，鐵馬秋風大散關。
塞上長城空自許，鏡中衰鬢已先斑。
出師一表真名世，千載誰堪伯仲間。

這是陸游晚年退居鄉間，追述早歲許身報國豪情的作品。詩中「樓船夜雪」、「鐵馬秋風」之景，讓人想見作者年輕時的豪氣壯志；但「塞上長城空自許，鏡中衰鬢已先斑」二句，則又道盡壯志未酬、激憤難伸的抑鬱和失落，其情感之跌宕、表現之鮮明，正有悲壯雄放的氣勢充蘊其中。

綜而言之，宋詩是在唐詩的基礎上發展起來的。宋詩的數量超越唐代，其技巧更加成熟，題材更爲擴大，意境也更加深刻，但在風格上，則各擅勝場。清代沈德潛曾說：

唐詩蘊蓄，宋詩發露。蘊蓄則韻流言外，發露則意盡言中。（《清詩別裁》）

近人錢鍾書也說：

> 唐詩多以豐神情韻擅長，宋詩多以筋骨思理見勝。（《談藝錄》）

兩者皆明確指出唐詩、宋詩在風格表現上的不同。大體說來，唐詩重情致、韻味，大多情景交融，寓情於景，所以感情激越，氣魄盛壯。而宋詩則重哲理之趣，常在寫景、抒情中寓含議論，所以顯得較爲客觀冷靜。然並不是說絕對都可以如此區分，而是相對的、整體趨勢的情形，其中仍不乏一些例外，這也應該予以辨明。

(二)詞

詞從詩演化而來，在句法上成爲長短不拘的長短句，格律限制則益加嚴格，以便於歌唱。早在唐末五代，已有不少文人從事詞體的創作，至宋代，更成爲一代文學的代表，是「韻文」中極重要的一種文體。

五代、十國時期，以後蜀及南唐的詞家較多，如後蜀趙崇祚《花間集》中收錄了溫庭筠、韋莊等十八家、五百多首作品；南唐則可以李璟、李煜、馮延巳三人爲代表。其中李煜（後主）的作品尤享盛名，成就也最高，有「詞中之帝」、「詞中之聖」的美稱。

(1)李煜

李煜早期作品，主要描寫宮廷奢靡浪漫的歡樂生活，故頗多香豔華麗、風格婉約的作品；晚期則由於國亡被俘，多寫亡國之痛與身世感懷，情感表現哀怨淒絕，感慨也轉爲深沈。如〈浪淘沙〉及〈虞美人〉兩首作品，皆屬李煜晚期之作。先看〈浪淘沙〉：

簾外雨潺潺，春意闌珊，羅衾不耐五更寒。夢裡不知身是客，一晌貪歡。　獨自莫凭欄，無限江山，別時容易見時難。流水落花春去也，天上人間。

這是李後主感懷故國的作品，上片敍寫夢回故國、而至夢醒時的情景與感受；下片則直抒幽居生涯中綿綿不盡的故國哀思。末以流水、落花、春去、人別作結，道盡心中的絕望之情。其語言白描，情思眞摯，表達出自身濃厚而婉轉的感傷情緒。接著再看〈虞美人〉：

春花秋月何時了，往事知多少？小樓昨夜又東風，故國不堪回首月明中。　雕闌玉砌應猶在，只是朱顏改。問君能有幾多愁？恰似一江春水向東流。

這是李後主的絕命之詞。作品透過今昔對比，抒發亡國後物是人非的淒涼心情。全篇用詞平易，但情思深沈，充分表現了作者心境的悲苦。

這兩首作品，均寓含對往日美好歲月的眷懷與慨歎，是亡國之君在無奈心境下所發出的哀思。

(2)柳永

柳永是北宋時期婉約風格的代表詞人，擅長以長調填詞，工於鋪敘，寫景清新細緻，寫情則纏綿悽惻。〈雨霖鈴〉是其抒寫離情別意的名作，全詞爲：

寒蟬淒切，對長亭晚，驟雨初歇。都門帳飲無緒，方留戀處，蘭舟催發。執手相看淚眼，竟無語凝咽。念去去、千里煙波，暮靄沉沉楚天闊。　多情自古傷離別，更那堪、冷落清秋節。今宵酒醒何處？楊柳岸、曉風殘月。此去經年，應是良辰好景虛設，便縱有千種風情，更與何人說！

詞的上片，以實筆明寫離別時的光景。下片則以虛筆設想別後相思之情。上、下片之間以「多情自古傷離別」二句將主旨點明，統括全詞之旨，使層次遞接綿密，離別之情與淒美之景交融，渾然一體。全詞用語雖淺切，但感情卻深濃，情調也極其哀婉，令人動容，詞家推為歷來敍離情的壓卷之作。

⑶蘇軾

蘇軾在詩、文之外，詞亦極富盛名，其豪放及婉約的詞風兼備，佳篇極多。風格豪放的作品可以〈念奴嬌・赤壁懷古〉為代表：

大江東去，浪淘盡，千古風流人物。故壘西邊，人道是、三國周郎赤壁。亂石崩雲，驚濤裂岸，捲起千堆雪。江山如畫，一時多少豪傑。　遙想公瑾當年，小喬初嫁了，雄姿英發。羽扇綸巾，談笑間，強虜灰飛煙滅。故國神遊，多情應笑我，早生華髮。人生如夢，一尊還酹江月。

這是蘇軾遊賞黃岡城外赤鼻磯所寫的懷古名作。詞的上片，由眼前「大江東去，浪淘盡」之景，與發對「千古風流人物」的追懷之情，點出借題發揮的心意。下片由周瑜「雄姿英發」的神情氣貌，與從容破敵的功業，轉而襯出自己功業未就、壯志未酬的深沈喟歎。綜觀全詞，寫景氣象宏闊，格調雄渾；敍人英氣勃發，蕭灑豪邁；抒感則高遠曠達，沉鬱蒼涼，充分展露了東坡靈動超凡的筆力與灑脫不羈的氣魄。

另外，〈水調歌頭〉則是頗具婉約柔情的作品。全詞為：

明月幾時有？把酒問青天。不知天上宮闕，今夕是何年。我欲乘風歸去，惟恐瓊樓玉宇，高處不勝寒。起舞弄清影，何似在人間。　轉朱閣，低綺戶，照無眠。不應有恨，何事長向別時圓？人有悲歡離合，月有陰晴圓缺，此事古難全。但願人長久，千里共嬋娟。

這詞原題為「丙辰中秋，歡飲達旦，大醉，作此篇，兼懷子由。」可知是東坡在中秋月夜懷念其弟蘇轍而作。詞的上片寫把酒問月，將內心深處的疑惑傾訴而出；下片寫失眠中睹月，與發人生無常和世事難全的慨歎。結尾兩句「但願人長久，千里共嬋娟」則從低沈的思緒中一躍而起，期許相隔兩地之人精神長伴。作者以豐富浪漫的想像，翻空出奇的筆調，抒寫天上、人間境界的矛盾和冀望，其情思蘊藉纏綿，飄逸有致，令人在賞讀之餘，也能感受到東坡曠遠超世的情懷。

(4) 李清照

李清照作詞善用白描的手法敘景寫物，以淺近清新的語句，抒發情感，故尤覺婉約細致，是才情俱佳的女詞人。如〈一翦梅〉：

紅藕香殘玉簟秋。輕解羅裳，獨上蘭舟。雲中誰寄錦書來？雁字回時，月滿西樓。

花自飄零水自流，一種相思，兩處閒愁。此情無計可消除，才下眉頭，卻上心頭。

此詞旨在敍寫夫妻離別後的相思之情。上片敍別後秋日獨處的落寞感受，下片寫相思愁緒無法消除的無奈心境。其抒情寫景的構想極爲細膩巧妙，從外在的景物，寫到內在的心情，把閨中思婦的「閒愁」表達得相當委婉盡致。又如李清照頗爲著名的〈聲聲慢〉，是她晚期因國破家亡，飽嘗憂患，因而抒發悲苦之情的作品。全詞爲：

尋尋覓覓，冷冷清清，悽悽慘慘戚戚。乍暖還寒時候，最難將息。三盃兩盞淡酒，怎敵他、晚來風急。雁過也，正傷心，卻是舊時相識。滿地黃花堆積，憔悴損，如今有誰堪摘？守著窗兒，獨自怎生得黑？梧桐更兼細雨，到黃昏、點點滴滴。這次第，怎一個愁字了得！

這闋慢詞是詞人藉描敍秋日景物，抒發獨守空閨，冷清空虛的內心苦悶。詞中用晚風急、飛雁過、黃花落、梧桐細雨等秋日之景，點染出內心深處之愁。尤其開頭連用了十四個疊字，不但意向分明，聲韻協暢，也更蘊含了綿長不盡的情意，爲本詞的一大特色。全篇用語尋常平淡，不假雕飾，卻極爲深刻細膩地表現出詞人晚年身世飄零，獨居孤寂的心境，是一首情思激動悲愴的傑出之作。

(5)辛棄疾

南宋受外患侵擾，積弱不振，辛棄疾雖懷報國之志，力主抗金，但因受主和派壓抑而始終未能伸展抱負，於是滿腔忠憤皆寄託於詞作之中。其詞取材廣泛，內容充實，善於化用經史典故及通俗口語，詞風時而豪邁雄放，悲壯沈鬱，時而清新柔媚，情韻雋永。在詞壇上，與蘇軾並稱「蘇辛」，爲宋代豪放詞人的代表。如〈醜奴兒 書博山道中壁〉：

少年不識愁滋味，愛上層樓，愛上層樓，為賦新詞強說愁。 而今識盡愁滋味，欲說還休，欲說還休，卻道天涼好箇秋。

少年時不知愁苦爲何物，而如今卻飽嘗愁苦卻難以言喻的抑鬱心情，在反襯的手法中，表現得含蓄而分明。辛棄疾寫的雖是個人的人生體驗，看似平淡，但寄慨遙深，耐人尋味，是一首情思深沈，跌宕有致的作品。又〈破陣子 爲陳同甫賦壯詞以寄〉：

醉裡挑燈看劍，夢回吹角連營。八百里分麾下炙，五十絃翻塞外聲，沙場秋點兵。 馬作的盧飛快，弓如霹靂弦驚。了卻君王天下事，贏得生前身後名，可憐白髮生。

這是辛棄疾寫給同樣力主抗金的好友陳同甫的作品。上下片連成一體，前九句以想像之筆，敘寫憧憬中沙場上的豪情壯事，末尾「可憐白髮生」一句，使氣勢急轉直下，落回現實，抒寫壯志難酬的悲憤，是一首慷慨豪氣中略帶落寞無奈的英雄悲歌。至於〈賀新郎　別茂嘉十二弟〉，則是因族弟辛茂嘉因事貶官，而藉詞以抒發自己身世之感與家國之悲的一首送別之作。全詞爲：

> 綠樹聽鵜鴂。更那堪，鷓鴣聲住，杜鵑聲切！啼到春歸無尋處，苦恨芳菲都歇。算未抵人間離別。馬上琵琶關塞黑，更長門翠輦辭金闕。看燕燕，送歸妾。　將軍百戰身名裂，向河梁回頭萬里，故人長絕。易水蕭蕭西風冷，滿座衣冠似雪，正壯士悲歌未徹。啼鳥還知如許恨，料不啼清淚長啼血。誰共我，醉明月。

鵜鴂、鷓鴣、杜鵑的啼聲，固然哀悽動人，但人間離別的苦恨，如王昭君、陳皇后、衞莊姜等史上的美人，或是李陵別蘇武、荊軻別燕太子丹等英雄壯士的離恨，則更覺悲愴深長。詞藉送別之事，感古傷今，感物傷己，流露出沈鬱蒼涼的孤寂悲感。通觀全篇，歷史典故運用雖多，但卻以作者內在感情爲線索，將「別恨」貫串成一個整體，發揮强烈的藝術效果。凡此皆可見稼軒駕馭詞材、經營詞境的深湛才學。

㈢散文

一談到唐宋散文，多數人都會直覺想到「唐宋八大家」。韓愈、柳宗元提倡「古文運動」，以革新六朝以來駢儷雕飾、專事浮華的文弊，建立嶄新的文風爲號召，在文壇上蔚爲一股風潮。宋代的歐、曾、王、蘇等文家，繼承唐代古文運動的傳統，更拓展了散文創作的領域，因此可說「唐宋八大家」的古文作品，代表著唐宋散文的最高成就。以下即先針對唐宋八大家的散文風格一一予以舉例說明，並稍加比較；其次再說明其他重要作家的散文風格。

1. 唐宋八大家

(1) 韓愈

韓愈爲唐代古文運動健將，畢生以發揚儒家學說，排拒佛、老思想爲己任，主張文道並重的散文。他的散文氣勢雄奇，語言精鍊，筆力遒勁，條理明暢。如爲了闡述從師問學及尊師重道之理而作的〈師說〉，文中反覆議論從師學習的必要性，提出「道之所存，師之所存」、「聞道有先後，術業有專攻」等獨特的見解，其結構謹嚴、脈絡通貫，句型駢散兼用，筆法亦錯綜而變化多端，是論說文中的典範。另〈原毀〉也是韓愈極有名的論說體散文，旨在探究毀謗惡習的根源。文章以古之君子和今之君子的修養作對比，從而析出今之君子的「怠」與「忌」，實爲「毀」的根源。全篇逐漸闡析，說理透徹，富於邏輯，遣詞用字雖平淺，卻頗有古勁之風。

〈送董邵南序〉是一篇爲朋友送行而寫的「贈序」，但韓愈意在言外，旨在勸阻朋友遠行，因不便直說，故含蓄委婉地於文章中旁敲側擊，或以「古」「今」對比，或從「有合」之意轉折至「不合」。文雖不長，卻富於情理，極盡曲折跌宕之能事，可見得韓愈高奇的文才及風格。

〈張中丞傳後敍〉則是爲了闡發和補充李翰所作的《張巡傳》而寫的史傳文章。韓愈以側面方式描寫，透過遺聞佚事，表達出張巡、許遠及南霽雲等人的愛國形象與堅強性格。全篇於敍中帶議，議論處則理直氣壯，記敍處則生動逼真，充分掌握了人物的精神，使原本瑣碎的材料能雜而不亂，讀來也能一氣呵成，是韓愈傳記文的力作。

韓愈除了擅長於立意說理的議論文之外，寫起感懷悼亡的抒情文章，也同樣哀惻動人。如〈祭十二郎文〉是韓愈爲了自己情同手足的侄子韓老成遽逝而寫的悼亡之篇。文中寫幼時孤苦相依的情景、聚少離多的感慨、生死無常的哀痛，皆屬眞情至性之語，似從肺腑中自然流出。全篇造語懇摯，不假雕飾而有無限悽愴的情韻。又如〈柳子厚墓誌銘〉則是爲好友柳宗元所寫的墓誌銘。文章從柳宗元一生遭遇、爲人、文章成就和兩人間的深厚感情著筆，對於柳宗元的坎坷命運寄予無限的惋惜與同情，對當時的世態人情，也流露出激情的感慨。全篇立意深切，情摯語眞，文筆簡鍊，其中亦可見韓愈爲文犀利奔放的風格。

(2)柳宗元

柳宗元和韓愈同爲唐代古文運動的主要倡導者，文壇常以「韓柳」並稱，都是傑出的散文作家。柳宗元文章風格雄深雅健，峻潔精奇，爲文勇於創新，尤擅長於山水遊記、寓言、傳記及議論體文章的寫作。在柳宗元的手中，「古文」寫作的技巧手法更爲提高，表現藝術也更顯成熟。

首先，在遊記方面，以貶居永州時期所寫的「永州八記」爲最著。這八篇遊記散文，各自成篇，但又互相連續，就像一卷精美的山水畫長軸，把秀麗的奇山異水，描繪地形神畢肖。由於柳宗元此時身處懷才不遇的鬱悶中，故尋幽訪勝之際，每能獲得遊心物外的理趣。如八篇之首的〈始得西山宴遊記〉，是寫柳宗元登臨遊賞西山的過程中，所得到前所未有的心靈感悟，而之前因長期貶謫的鬱悶心情也一掃而空。作者將自己的心情與西山奇麗的山水風光結合，在情景交融的狀寫中，展露了自己「心凝形釋，與萬化冥合」的曠遠心境。全篇字琢句鍊，筆調明快，而情思亦雋永遙深，讀來尤能令人回味無窮。又第三篇〈鈷鉧潭西小丘記〉，則寫鈷鉧潭西小丘景色的奇異，和它爲人遺棄的遭遇，並從而寄託作者自身懷才不遇的感慨。小丘的被棄，正像是作者自己在宦途上的挫折，其境遇相似。但在買丘、賞丘的過程中，也意外得到豁然開朗的喜悅。這兩篇山水遊記，在清麗的敍事筆觸中，也寄託了作者的感懷，情景交融間，更有千般餘韻隱含其中。「悠悠乎與灝氣俱，而莫得其涯；洋洋乎與造物者遊，而不知其所窮」，予人廣闊無際的浩瀚情懷；「枕席而臥，則清冷之狀與目謀，瀯瀯之聲與耳謀，悠然而虛者與神謀，淵然而靜者與心謀」，則透顯出淒幽的情調。將豐富的感情與奇麗的景觀融爲一體，使得文章富有詩情畫意的風格和意境，這也正是柳宗元山水遊記能獨步千古的重要原因吧！

其次，在寓言方面，柳宗元關心時政，爲文常以「寓言」方式來揭露世態人情的流弊與病態，從而發揮諷諭或鑑戒的功能。篇幅雖多屬簡短，但含意卻深長。如〈三戒〉即爲公認的名篇。〈三戒〉是以「臨江之麋」、「黔之驢」、「永某氏之鼠」三則組成，皆以動物作爲故事的主角。主旨是要諷刺那些「不知推己之本，而乘物以逞，或依勢以干非其類」的人物，寓言中麋、驢、鼠三種動物都是作者刻意創造出來的，其構思巧妙、形象鮮明，文筆犀利，極具警世意義。另如〈蝜蝂傳〉則是一篇借用傳記方式來寄託諷意的寓言。蝜蝂善負、好上高，至死不變的行爲，正像一些世人貪得無厭、至死不悟的貪婪本性。這也是一則短小精警、意味深長、耐人尋思的故事。至於〈種樹郭橐駝傳〉則屬於一篇寓言性質的傳記文章。文藉種樹能手郭橐駝種樹之理，申說施政治民之道，從而揭露和諷刺爲官者煩苛政令對人民造成的干擾和戕害。雖是傳記，但人物、情節似實亦虛，在問答之中揭明植木之理，並繼而引伸出爲官之道。文章構思奇崛，立意深長，蘊含濃厚的政治智慧。

再者，在議論文方面，柳宗元以睿智的眼光，立新題，寓新意，故常能發人之所未發。如〈捕蛇者說〉是透過捕蛇人之口，揭露賦斂之毒更甚於蛇的社會現實，對於當時民生的苦況，寄予無限的關懷與同情。捕蛇人對自家悲慘遭遇的傷心自述，是全文的重心，表現了人民百姓無奈的控訴。本文在寫作上與《禮記‧檀弓》「苛政猛於虎」立意相近，但規諷之意旨則更爲深刻，文章波瀾也更顯得起伏多姿，具有强烈的感染力量。另外，〈送薛存義序〉一文中，柳宗元藉爲薛存義送行的機會，於文中抒發爲官之理，並以本文相贈，是一篇前議後敍的贈序文章。文中以爲官吏應爲人民公僕，應服務人民，而不能役使人民，否則可加以責罰、罷免。這樣先進的見解，可作爲研究柳宗元政治思想的重要文獻。而其立意精警、義旨顯豁，堪爲理長而味永的名篇。清代劉熙載曾將本文和韓愈的〈送董邵南序〉相提並論，以爲〈送董邵南序〉「可謂變化之至」，而本文則「可謂精能之至」，指出本文內容精深獨到，語言精潔雋永的寫作風格。

(3)歐陽修

歐陽修在北宋文壇倡導詩文革新，提出明道致用的文學主張，是古文運動的領袖。他不僅是古文家，在詩、詞、賦的創作上也極有特色和成就。歐陽修的散文平易流暢，清新自然，具有婉約含蓄之風貌。如其最享盛名的〈醉翁亭記〉性質屬於台閣名勝記，寫於貶知滁州之時，文中敍寫滁州，特別是琅琊山中，醉翁亭一帶的優美景致。歐陽修寄情山水，從而領會到山水之樂、遊宴之樂及與民同樂之樂。文章以「樂」字爲主線貫串全篇，脈絡清晰，形成回環往復的韻律，委婉含蓄地表現了自己以順處逆的怡然心境。全篇筆致清麗細膩，文詞練達，韻致無窮，是記述生活、心境的千古佳篇。

至於〈縱囚論〉則是歐陽修翻案文章中的名篇，旨在對唐太宗縱囚一歷史事件提出自己的獨特看法。既是翻案，文章勢必有破有立。文中除了駁斥唐太宗縱囚將致「上下交相賊」，其目的不過在於施恩求名，因此認爲聖王治國應「本於人情，不立意以爲高，不逆情以干譽」，以建立常法。全篇剖事析理，縝密周到，透闢深刻，其逐層論辯，極能令人信服，如「刀斫斧截，快利無雙」（《古文觀止》吳楚材之評語），是一篇發揮雄辯之才的力作。

歐陽修除了是文學家，也是傑出的史學家。他所奉詔修撰的《新唐書》，及獨力撰述的《新五代史》，都是別具文學特色的史學名著。如〈五代史記一行傳敍〉是爲了表彰在亂世中特立獨行、有益風俗教化人士所撰〈一行傳〉的序文。文中感歎五代之世倫常敗壞、廉恥不復之際，其間能潔身自負之士鮮見於世。歐陽修撰史爲揚善彰名，於殘闕史料中搜羅，而略可敍錄者僅得四、五人而已，從中可見歐陽修仿《春秋》筆法褒善貶惡、端正人心的批判精神。全篇文筆簡鍊明淨，很能發揮序文鈎稽作意的功用。

(4)曾鞏

曾鞏的文章醇厚，頗有平和之氣，風格和歐陽修相近，古來並稱「歐曾」。曾鞏爲文講究布局章法，長於議論，故結構嚴謹，條理清晰。如應臨川州學教授王盛之請而寫的〈墨池記〉，是藉王羲之「臨池學書，池水盡黑」之事，來强調勤學苦練的重要性，以揭明「勉學」的主旨。文雖以「記」爲名，但實際上是一篇議論文，記敘與議論交叉進行，相互印證，不但勉勵學者應勤學苦練，還應深造道德以期「有一能」，方可爲後人留下有益的思念。全篇即事說理，託物言志，在詰問轉折的語氣中，可得紆徐委婉的韻致，而其文字簡潔曉暢，寄意淵雅深邃，讀來尤能發人省思。

(5)王安石

王安石是北宋傑出的政治家、文學家。所作文章多關於政令教化、經世致用。其學術根柢淵博，故爲文用筆遒勁，思慮縝密，風格則剛峻峭拔。如〈遊褒禪山記〉是一篇以哲理議論取勝的山水遊記。王安石借遊褒禪山爲題，抒發遊山探洞的感想與心得。全文先敘後議，順「理」成章，從中寄寓了積極進取的襟懷，和貫徹志向理想的精神，並勉學者應「深思慎取」，是一篇借題發揮的遊記散文。正如《古文觀止》所評：「借遊華山洞，發揮學道。」就如同〈墨池記〉一般，本文由景生情，因事見理，全篇融情、景、事、理於一體，表現出宋代散文長於議論、敘議結合的風格特色。又如〈傷仲永〉也是一則敘議結合的短文。文章透過一個神童因失學而終淪爲常人的故事，說明天賦並不足恃之理，並强調受教學習的重要性。文章或敘或議，皆有條不紊，深入淺出，尤其在精簡、樸質無華的文辭中，卻仍能富含警惕世人的深意。

另外，〈讀孟嘗君傳〉則是王安石在閱讀《史記・孟嘗君列傳》之後所寫的一篇翻案文章。文從孟嘗君重用雞鳴狗盜之徒而使有志之士不至，因此無法得到眞正賢才，駁斥孟嘗君能得士任賢的傳統說法。全文篇幅極短，但氣勢勁健，雄辯有力，可見王安石讀書能不拘於定見，並勇於提出獨特觀點的識力。

在政論文方面，〈答司馬諫議書〉是就新法答覆諫官司馬光的一篇書信。文中針對司馬光所指「侵官」、「生事」、「征利」、「拒諫」四事，逐一提出剖析辯駁，並重申變法的決心。文章理足氣盛，委婉和易的語勢中，卻充滿勁悍剛銳之氣，其推行新法的堅定決心，昭然可見，不但顯現了王安石的人格與風格，也證明了文章風格與作家個性人格兩者間的密切聯繫。

除了展現剛正性格的文章外，如〈祭歐陽文忠公文〉則是一篇較爲柔婉，深具情致的祭奠散文。王安石和歐陽修在政治理念上的歧異，並未影響兩人之間的交誼。在文中，對歐公積中發外的文章、氣節、功業、品德，皆推崇備至，而文末：「臨風想望，不能忘情者，念公之不可復見，而其誰與歸」幾句，則申一己嚮慕瞻依之情。語語發自心坎，一吟三歎，極盡哀傷沈鬱的情思。

(6)蘇洵

蘇洵爲文得力於《戰國策》、《史記》，故所爲文簡直老練，頗有先秦古勁之風。由於長於史論、策論一類的議論文章，故文章之論點鮮明，說理透闢，如他著名的史論名篇——〈六國論〉，是藉戰國時六國因賂秦而自取滅亡的事例，以諷北宋當時對契丹、西夏納幣求和的屈辱政策，其主旨實有言外之意，在於鑒古諷今也。蘇洵以爲六國滅亡之因主要在於「賂秦」，且「不賂者以賂者喪」，全文便以此爲中心論點，各段緊扣此論點，正反面多方逐層展開申論，其條理清晰，語言犀利明快，精鍊準確，氣勢亦跌宕雄奇。不論就布局結構上，或就修辭手法上來說，本文都可視爲論說文的上乘之作。

(7)蘇軾

蘇軾一生的宦途雖坎坷不幸，但無處而不自得的生命情懷，使其在文學藝術上的成就仍能享譽千古。他繼歐陽修之後，完成北宋的詩文革新，爲文壇領袖，與其父洵、弟轍，並稱「三蘇」。蘇軾的思想氣度恢宏，才華縱橫，詩、詞、文、賦、書、畫皆所擅長。其文章汪洋恣肆，清新自然，「如萬斛泉源，不擇地而出，但常行於所當行，常止於不可不止」（〈文說〉），尤長於說理，舉凡論辨策議，皆有佳篇。如〈留侯論〉是蘇軾著名的史論，全篇以「忍」字貫串，評價張良的一生，並列舉史實，擺脫世俗陳見，翻出新意，指出張良之所以能建功立業，其關鍵在其「能忍」。文章圍繞「忍」字，展開層層史證或推論，文勢往復曲折，立意奇穎，論點集中，力透紙背，頗能引人入勝，正表現出蘇軾爲文氣勢恢宏的一面。取與同是翻案文章的〈縱囚論〉並觀，則歐、蘇這兩大文豪援古事以證辯的學養，勇於推陳出新的才識，皆使論文之中富含析辯的睿智，尤其文章信筆揮灑，收放自如，更能展現兩人縱橫古今的深湛才學。再如〈教戰守策〉，爲蘇軾策議類文章的名篇，充分顯現了蘇軾謀議時政的高達識見與盡忠之忱。他在文中主張國家在承平時也應懍懷居安思危的憂患意識，讓民衆接受軍事訓練，學習戰陣攻防技能。蘇軾在權衡北宋的國策與國勢後，而提出這般建言，實屬有所爲而發之論。尤其全篇陳言剴切，觀點鮮明，析理透闢，深中時弊，文中有喻有證，在明快斬截的逐層論析中，語語精警，具有極強的說服力與感染力。

至於〈方山子傳〉一文，則是蘇軾文章中別具面貌的傳記作品。這是他爲一位隱逸的友人陳慥所寫的一篇小傳，旨在表彰陳慥淡泊自守的高潔人品，也藉此流露出同爲「不遇」的感憤。本文篇幅雖不長，但言簡意豐，有敘有議，在取材、寫作筆法及人物形象的刻畫上，皆可見其傳神之處。文末以「余聞光黃間多異人，往往佯狂垢汙，不可得而見；方山子儻見之歟？」作結，寄慨於歎，更蘊生餘波蕩漾、含蓄不露的奇穎之氣。

(8)**蘇轍**

蘇轍的個性沈靜敦厚，在其父兄的薰陶下，所作文章立意平穩，汪洋澹泊，語言樸實淡雅，如其為人。文學成就則以散文較高，尤其策論更是著稱於世。在記遊方面的作品，則以〈黃州快哉亭記〉最具代表性。蘇轍作此記，在闡發其兄蘇軾為亭命名「快哉」的深意，也藉慰解張夢得之餘，抒發自己坦然自適、隨遇而安的豁達心境。全文七處點出「快」字，圍繞「快哉」二字著墨，把敍事、寫景、抒情與議論鎔為一爐。其文筆秀傑灑脫，風趣悠遠酣暢，頗見蘇轍汪洋澹泊、紆徐條暢的風格，翫味之餘，令人有超然物外之思。

宋人李塗曾說：「韓如海，柳如泉，歐如瀾，蘇如潮。」說的就是韓、柳、歐、蘇這四大家的文章風格各有異趣。明代貝瓊也說：「韓文奇，柳文峻，歐陽文粹，曾文嚴，王文潔，蘇文博。」亦指出各家有各自的特點。但若具體概括而言，韓愈之文雄奇奔放，柳宗元之文雄深雅健，歐陽修之文委婉含蓄，曾鞏之文醇厚平和，王安石之文剛峻峭拔，蘇洵之文古勁簡直，蘇軾之文汪洋恣肆，蘇轍之文汪洋澹泊。八家在散文創作上的成就極高，且異采紛呈，各樹一幟，反映出絢爛多姿的風格面貌。

附表：各版本唐宋八大家散文選錄情形一覽表（共二十七篇）

作家	篇名	三民版	大同資訊版	正中版	南一版	龍騰版	翰林版	備註
韓愈	師說	(一)5.	(一)2.	(一)2.	(一)2.	(一)2.	(一)1.	
	送董邵南序	(三)12.			(四)1.	(四)2.		
	祭十二郎文		(三)14.					
	原毀			(三)7.				
	柳子厚墓誌銘					(三)6.		
	張中丞傳後敍	(四)12.						
柳宗元	鈷鉧潭西小丘記	(一)7.						
	捕蛇者說			(一)10.		(一)13.		
	種樹郭槖駝傳				(一)5.			
	三戒並序		(二)7.				(一)7.	翰林版僅錄〈永某氏之鼠〉一則
	蝜蝂傳						(一)7.	

作者	篇名							
	始得西山宴遊記		(四)3.	(三)2.	(二)12.	(三)3.	(三)14.	
	送薛存義序	(四)4.						
歐陽修	縱囚論	(二)6.	(一)7.	(一)13.	(一)8.		(三)3.	
	醉翁亭記	(四)7.	(二)8.		(四)11.	(二)10.	(一)9.	
	五代史記一行傳敘			(二)7.				
曾鞏	墨池記	(一)10.	(二)4.	(一)4.		(一)3.	(三)6.	
王安石	傷仲永	(一)1.					(二)2.	
	遊褒禪山記		(一)9.	(二)1.	(一)12.			
	讀孟嘗君傳						(一)6.	
	祭歐陽文忠公文				(二)7.			
	答司馬諫議書					(三)10.		
蘇洵	六國論	(一)13.	(二)10.	(四)4.	(二)3.	(二)3.	(二)10.	
	留侯論	(一)14.		(二)9.	(三)10.	(一)9.	(四)10.	

蘇軾	教戰守策		(二)12.		(一)14.			
	方山子傳						(一)11.	
蘇轍	黃州快哉亭記	(一)6.	(一)12.	(三)11.	(三)1.	(一)11.	(二)3.	

2. 其他作家

唐宋除了八大家的散文膾炙人口外，其他也有不少傳誦不朽的名家名作，以下擇要敍述：

(1) 魏徵

唐初名臣魏徵以「十思」爲題，上〈諫太宗十思疏〉，勸人君當居安思危，積德行義，做到不言而化、無爲而治。由於仍受初唐駢體文風的影響，本篇頗有駢體典雅莊重的氣息，工整的排偶句式中間有長短散句，故讀來頓挫有致，尤其全文思理縝密，氣勢朗暢，情辭剴切，句句語重而心長，更可顯見忠臣謀國之忠與進諫之誠。

(2) 李白

〈春夜宴從弟桃花園序〉是李白與諸堂弟在春夜宴集於桃李芬芳的園林，一同飲酒賦詩，高談闊論，暢敍胸臆，隨興之至而寫的小品。主旨在發抒人生苦短，應及時行樂的人生態度。全文篇幅雖短，僅一百餘字，但情思深刻，耐人咀嚼，所以《古文觀止》曾評：「幽懷逸趣，辭短韻長，讀之增人許多情思。」說明本篇富有幽雅的情懷，飄逸的風趣，其文辭雖簡短，情韻卻綿長，就像他所寫的詩，清麗飄逸，雅緻可誦，令人愛不釋手。此類的「序」大多用以記宴飲賦詩盛會，既非作品前之序文，也非贈人以言之贈序。

(3)王維

同是盛唐著名詩人的王維，以擅敘山水田園之筆，寫〈山中與裴秀才迪書〉，藉寒夜山林中之聞見與興感，表達邀約裴迪明春同遊之願。雖是短幅書信，但文字清新，像是一篇山水小品。文中對山林景物的描寫，極爲雋麗自然，有聲有色，曲盡情致，營造出恬淡優美的意境。全篇以四言句式爲主，駢散相間，整齊中富有變化，而筆觸亦柔和細膩，是一篇文情並茂，深具詩情畫意的小品。

(4)白居易

〈與元微之書〉是白居易在仕途失意時寫給知己元稹的一封書信。兩人的仕途失意，際遇相似，加上相隔萬里，音訊難通，只得藉書信傳達心意。信中白居易自述近況，詳敘「三泰」以告慰摯友，流露了感傷情調和思念情懷，故能感人至深。全篇情意眞切自然，用語平易淺白，頗能代表白居易的詩文風格。王維〈山中與裴秀才迪書〉與白居易〈與元微之書〉都是名家的書信名篇，兩者皆爲摯友間深厚交誼的見證。由於寫作時的心境、背景與目的各異，兩篇風格也殊有不同：前者是王維以閒靜心情描敍山林景致，從而表達邀約同賞春景之意，語調顯得舒緩自然，富有盎然風趣；而後者則是白居易在遷謫加上睽違的感傷中，訴說日常瑣事，藉舒泰之語以寬慰摯友，並表達對元稹綿綿的思念，情緒顯得略爲激動，文句間蘊含不盡深情。兩封書信風格雖異，但皆情眞意摯，其知交情誼更傳爲千古文壇的佳話。

(5)王禹偁

王禹偁是北宋初年詩文革新運動的先驅，宗法韓、柳，提倡風格平易簡樸的散文，如〈黃岡竹樓記〉（一名〈黃州新建小竹樓記〉）爲備受推崇的代表作品。王禹偁因修《太祖實錄》直言犯忌，而遭貶黃州，隔年建竹樓兩間，以供公退之暇遊賞自適，故撰篇以記之。文中作者以流暢自然的文筆敍寫竹樓內外景致，並表現出自己悠然自得、消遣世慮的情懷，其中也寄寓自己奔走不暇、宦海浮沈的感慨。這對景述志趣、寄憤懣的文章寫來清雋淡雅，蘊藉自然，彷彿竹樓超凡脫俗的風致與作者清高優雅的情懷皆現於目前，誦讀之餘，也令人回味再三。

(6)范仲淹

范仲淹於北宋仁宗慶曆年間推動政治革新，是著名的政治家，其爲官清正，耿直敢言，人格與文才皆卓絕一時。文學方面，除詩、詞外，爲文清麗順暢，以抒寫懷抱爲主。如〈岳陽樓記〉是范仲淹罷相被貶鄧州之後，應滕子京之請而寫。兩人同爲遷客騷人，故范仲淹借題發揮，藉著岳陽樓晴雨不同的自然勝景，發抒悲喜各異及憂時傷世的情懷，以相互激勵。文中「不以物喜，不以己悲」、「先天下之憂而憂，後天下之樂而樂」等膾炙人口的千古名句，更表現了范仲淹博大的襟懷和抱負。全篇構景恢宏，立意高遠，布局嚴整，融合敍事、寫景、抒情、議論於一體，行文則駢散相間，詞采華麗，音節諧暢，是一篇典雅深邃的佳作。

(7)司馬光

北宋名相也是著名史學家的司馬光，因世風奢靡成習有感，故作〈訓儉示康〉，闡述「以儉立名，以侈自敗」之理，以訓勉其子康，能厲行儉約美德，是一篇語重心長，深富教育意義的家訓文章。全篇行文謹嚴，旁徵博引，從正反兩方面擧列許多名言事例，並現身說法，突顯出儉德的重要性，其用語淺明樸實，極具令人信服的力量。

(8)錢公輔

〈義田記〉是錢公輔爲表彰范仲淹購置義田以周濟親族之高尚風義而作的一篇記敍文。全文以「義」字爲主線貫串首尾，層層推進，一方面以晏子仁德來正面襯托范仲淹之賢，一方面又以達官顯臣奢靡自私的行徑反襯出范仲淹的義行。文末評論范仲淹的德業，並點明作意，其情理並茂，文氣充沛，結構亦極爲謹嚴有法。

3. 綜合比較

唐宋散文發展繁興，體類衆多。由於相同體裁的文章常有共通的寫作趨向，故以下即就前述已提及、或高中課本所選錄之體裁近似的文章，略加比較，期能在並觀會通之中，以明其風格之異同。

(1)「記」體散文的比較

前述〈始得西山宴遊記〉、〈醉翁亭記〉、〈黃州快哉亭記〉、〈黃岡竹樓記〉及〈岳陽樓記〉等五篇，均屬「記」體文章的名篇，同時也都是文人遷謫後，自敍心境和抱負的作品，其主題、風格之異同，值得注意。以下即製表略加比較：

篇名	作者	體裁類別	作品主題	寫作風格
始得西山宴遊記	唐・柳宗元	山水遊記	敍寫登臨西山過程中所得到前所未有的心靈感悟。	筆調明快情思雋永遙深
醉翁亭記	宋・歐陽修		敍寫貶滁州後，寄情山水而領會到的山水之樂、遊宴之樂及與民同樂之樂，表現自己以順處逆的心境。	筆致清麗細膩，文詞練達，具平和之氣

黃州快哉亭記	宋・蘇轍	台閣名勝記	闡發兄軾爲亭命名「快哉」的深意，藉以慰解張夢得，並抒發自己坦然自適、隨遇而安的豁達心境。	秀傑灑脫 悠遠酣暢 汪洋澹泊 紆徐條暢
黃岡竹樓記	宋・王禹偁		抒寫從欣賞竹樓內外景致所得到悠然自得的情懷，並寄寓對奔走不暇、宦海浮沈的感慨。	清雋淡雅 蘊藉自然
岳陽樓記	宋・范仲淹		藉岳陽樓之勝景，發抒憂時傷世的襟懷，並慰勉滕子京。	詞采華麗 音節諧暢 典雅深邃

(2)「傳」體散文的比較

傳記，一般而言，是爲了記錄人物生平行誼而寫，如蘇軾〈方山子傳〉即是；至於柳完元〈蝜蝂傳〉、〈種樹郭橐駝傳〉則是借用傳記方式來寄託諷意的寓言，其主角亦屬虛構性質。三篇皆屬「傳」體文章，但寫法及風格與一般傳記不同。以下列表加以比較：

篇名	作者	傳記主角	要旨	寫作風格
蝜蝂傳	唐・柳宗元	蝜蝂（善負重物的小蟲）	由蝜蝂善負、好上高、至死不變的行爲特性，來譏諷世人貪得無厭，至死不悟的可悲。	短小精警 形象鮮明 具有警醒世人的深長寓意
種樹郭橐駝傳	唐・柳宗元	郭橐駝（以種樹爲業之人，橐駝爲其形貌特徵）	藉郭橐駝種樹之理，申說爲官施政之道。	構思奇崛 敍議結合 立意深長
方山子傳	宋・蘇軾	陳慥（蘇軾友人）	表彰陳慥淡泊自守的高潔人品。	言簡意豐 筆法傳神 含蓄奇穎

(3)「論」（史論）體散文的比較：

高中國文課本中論說體的文章不少，若名爲「論」的，則歐陽修〈縱囚論〉、蘇洵〈六國論〉及蘇軾〈留侯論〉三篇「史論」，爲相提並論的千古名篇，或全力翻案、或另出新意，其寫作風格皆有獨特精到之特點。以下列表加以比較：

篇名	作者	要旨	寫作風格
縱囚論	宋・歐陽修	論唐太宗縱囚乃矯情干譽、上下交相賊之事，不足爲常法。	析理透闢 論證縝密 雄辯有力
六國論	宋・蘇洵	藉六國因賂秦而自取滅亡，以諷北宋對外族納幣求和的屈辱政策。	條理清晰 語言犀利明快 氣勢雄奇
留侯論	宋・蘇軾	評價張良的一生，並列舉史實，以論證成就大謀者必能忍之理。	立意奇穎 論點集中 氣勢恢宏

(4)「說」體文章的比較

「說」，是以議論解說事理爲主的一種文章體裁，性質與前述「論」體近似，但較偏重於說明性、解說性，皆可視爲現今一般所謂的論說文。現行各版本中唐宋「說」體的散文可以韓愈〈師說〉、柳宗元〈捕蛇者說〉及林景熙〈蜃說〉三篇爲代表。以下列表略加比較：

篇名	作者	要旨	寫作風格
師說	唐・韓愈	說明從師學習的必要性和重要性。	結構謹嚴 脈絡通貫 文氣暢達
捕蛇者說	唐・柳宗元	透過捕蛇人之口，揭露賦斂之毒更甚於蛇的社會現實。	規諷之意深刻 文章起伏多姿
蜃說	宋・林景熙	藉觀賞海市蜃樓的幻景，論說朝代興亡、世事滄桑之理。	寫景巧妙 論理精當 感慨深沈，筆法委婉曲折

㈣散文賦

賦是介於詩與文之間的一種文體，導源於《詩經》、興於《楚辭》、盛於兩漢。魏晋南北朝有「俳賦」，唐應科舉而有「律賦」，至宋代，受古文運動及北宋初年詩文革新運動的影響，賦漸朝向散文化的方向發展，變爲「散文賦」，或稱「文賦」。

散文賦同時具有散文及韻文的特色，其行文流暢，不受格律限制，可盡情鋪陳，看似散文；但又因句式於變化中有一定規律，時見押韻，可讀可誦，所以看起來又宛如詩歌。如蘇軾的〈赤壁賦〉、歐陽修的〈秋聲賦〉兩篇作品，其意境優美，聲情和諧，富含理趣和詩意，可稱得上是北宋散文賦的雙璧。值得注意的是，辭賦體中常以「主客問答」爲通體，如〈赤壁賦〉以蘇子與客問答成文，而〈秋聲賦〉亦以歐陽子與童子對答成文，是一共通特點。

蘇軾因謫居黃州，於秋夜泛舟遊赤壁而作賦，有前、後兩篇，高中各版本所選錄的皆爲〈前赤壁賦〉。全文先從遊賞中賞心悅目之美景寫起，進而寫羽化登仙、飲酒賞簫之樂；再由懷古傷今，轉寫人生感歎；最後則念天地永恆、人生無常，又歸結到順應自然、超然物外，不以個人得失榮辱爲懷之曠達情懷。感情由樂而悲又至喜，筆法純熟卻又迴環曲折，頗有一唱三歎之情韻。而其藉景以抒情說理的寫作方式，看似遊記，卻又蘊含人生哲理，是一篇文辭清新優雅、敍寫細膩流暢的抒情佳作。

另外，歐陽修則藉秋聲敍寫自然萬物生殺興衰之道，以〈秋聲賦〉爲題抒發對人生的感懷及體悟。全篇從秋色、秋容、秋氣、秋意鋪寫秋日的飄零蕭瑟，透露出懷舊感傷的情調。由於秋聲是無形的，故作者以各種具有形象性的比喻來刻畫「秋之爲狀」，並體物寫志，藉景抒懷，把淒切的秋聲、蕭瑟的秋景和人生的感悟交融爲一體。尤其在精鍊簡潔、駢散兼用的文句中，能見到賦體鋪張渲染、聲情並茂的風格特點。

(五)傳奇小說

唐代文人常以散文方式敍寫民間的遭遇或各種奇聞異事，其想像力豐富、情節緊湊精采、人物性格刻畫細膩，已有短篇小說的規模，這即是所謂的「傳奇」。唐代傳奇佳作極多，依其內容性質有志怪、愛情、警世、歷史及俠義等類別。如杜光庭的〈虬髯客傳〉是俠義類的名篇，陳玄祐的〈離魂記〉是愛情類的代表之作，皆各有特色，以下分別說明：

(1)〈虬髯客傳〉

故事以隋末天下動亂、羣雄逐鹿爲背景，並以李靖、紅拂、虬髯客三人爲主要人物，杜撰出具有濃厚英雄豪俠色彩的小說。全篇從三人的結識經過寫起，繼而敍述虬髯客拜見李世民之後卻因而萌生退隱之心，決意將家產贈予李靖，讓李輔佐眞主建立功業，虬髯客則入主扶餘國，另立霸業的傳奇故事。故事的發展，一幕緊接一幕，很能引人入勝。李靖的正直謹愼、紅拂的慧眼獨具、虬髯客的壯志器度，皆各具典型，人物的形象極爲生動鮮明，而情節多以對話方式鋪敍，曲折起伏，文辭則精簡練達、直截了當，在眞假虛實問，寄寓「人臣之謬思亂者，乃螳臂之拒走輪」的警世意涵。綜觀而言，這是一篇藝術手法成熟，充滿俠義風格的短篇小說。

(2)〈離魂記〉

作者陳玄祐在故事中透過幻想，以「離魂」的方式，表達男女追求愛情及婚姻自由的渴望。王宙與倩娘兩人自幼戀慕，卻因倩娘之父張鎰將倩娘輕許他人，導致王宙憤而辭別，此爲波瀾之一。而倩娘亡命私奔，兩人重逢相聚，轉悲爲喜，此爲波瀾之二。五年之後，王宙夫婦返家省親，卻發現「倩娘病在閨中數年」，至此方恍然大悟，原來倩娘是靈魂出奔，此又是一大波瀾。其懸疑的藝術手法，極爲巧妙，使看起來誇張的故事情節，顯得合情合理。全篇篇幅雖短，但結構完整，文筆簡練，情節的設計更是波瀾迭起，處處可見作者的慧心巧思。

四、雅俗共賞的元明清文學

蒙古滅南宋，建立元朝，以外族身分統治中國，仍重視四方疆域之經略，對於學術文化的發展則較少關心，所以文學方面的成就遠遜於唐宋。其中最可談論、成就也最高的，莫過於元代新興的曲，其他文學體裁，如詩、詞、散文則顯得衰微。明代是小說、戲曲等通俗文學興盛，而傳統詩文相對式微的時期。而清代則爲中國最後的王朝，在學術上，有綜理總結之功，在文學上也有多方面的成就。本章將元、明、清三代文學作家、作品綜合來看，分別從曲、散文及小說三方面說明重要作家及作品的創作風格與特色。

一、曲

曲有散曲、劇曲，散曲是由詞演變而來，可分爲「小令」與「散套」，沒有動作、對白，是專供吟賞清唱的韻文；戲曲則配合了大量的動作、對白來表演故事，以達教化和娛樂的目的。與唐宋的詩詞相較，元代的曲顯得較爲適俗平淺，活潑生動。

元代散曲可分爲前、後兩期，前期以關漢卿、馬致遠、白樸及張養浩爲代表，風格大多質樸清雅；後期則以喬吉、張可久爲代表，風格較趨於典麗婉約。以下對這六位作家的散曲作品，逐一加以介紹：

(1)關漢卿

關漢卿博學多才、滑稽多智，一生致力於戲曲的創作，並且能編能導。作品豪放自然，不假雕飾，散曲以白描清麗見長。如〈大德歌　秋〉：

> 風飄飄，雨瀟瀟，便做陳摶也睡不著，懊惱傷懷抱，撲簌簌淚點拋。秋蟬兒噪罷寒蛩兒叫，淅零零細雨灑芭蕉。

此曲旨在寫秋夜的愁思。全篇藉著風雨、主人翁的失眠落淚，與蟬噪、蛩叫、雨灑芭蕉等種種自然聲響，烘托出秋夜濃濃的憂悶愁思，寫來極爲精致奇巧。

(2)馬致遠

馬致遠的散曲，洗去諧謔狎褻之習，以嚴正態度，用作品記錄其人生感慨，故所作或爲清麗優雅，或爲沈鬱蒼涼，境界至高。如〈秋思〉這組散套作品，共由七首曲組成：

〔夜行船〕百歲光陰一夢蝶，重回首往事堪嗟。昨日春來，明朝花謝，急罰盞夜闌燈滅。

〔喬木查〕想秦宮漢闕，都做了衰草牛羊野。不恁麼漁樵沒話說。縱荒墳橫斷碑，不辨龍蛇。

〔慶宣和〕投至狐蹤與兔穴，多少豪傑！鼎足雖堅半腰裡折，魏耶晉耶！

〔落梅風〕天教你富，莫太奢，沒多時好天良夜。富家兒更做道你心似鐵，爭辜負了錦堂風月。

〔風入松〕眼前紅日又西斜，疾似下坡車。不爭鏡裡添白雪，上床與鞋履相別。休笑鳩巢計拙，葫蘆提一向裝呆。

〔撥不斷〕利名竭，是非絕。紅塵不向門前惹，綠樹偏宜屋角遮，青山正補牆頭缺、更那堪竹籬茅舍。

〔離亭宴帶歇指煞〕蛩吟罷一覺才寧貼，雞鳴時萬事無休歇。何年是徹。看密匝匝蟻排兵，亂紛紛蜂釀蜜，急攘攘蠅爭血。裴公綠野堂，陶令白蓮社。愛秋來時那些；和露摘黃花，帶霜分紫蟹，煮酒燒紅葉。想人生有限杯，渾幾個重陽節。人問我，頑童記者：便北海探吾來，道東籬醉了也。

作者於重陽節登高望遠，見秋日蕭瑟之景，因而觸發人生無常、易老的傷感，以爲倒不如摒棄功名富貴，而退隱山林，以詩酒自娛來得自在。尾曲總結全套，嘲笑爭名奪利者汲汲營營的醜態，與自己在秋日賞黃花、吃紫蟹、品美酒，陶然自得的生活恰成一明顯對比，充分流露馬致遠出世退隱、及時行樂的人生態度。全曲語言通俗易曉，情思淋漓，風格則放逸宏麗。又〈落梅風　遠浦歸帆〉（另名〈壽陽曲〉）：

夕陽下，酒旆閑。兩三航未曾著岸。落花水香茅舍晚，斷橋頭賣魚人散。

此曲寫漁村傍晚的景色。筆法由遠及近，先以遠浦帆歸之景爲中心，描繪出清閒的漁村暮色；接著由落花水面飄香、賣魚人散歸，點染出靜謐的氣息。純用白描之筆，所以風格顯得樸質無華。

(3)白樸

白樸無意仕進，一生縱情於山水詩酒，故其作品常流露文人閒適之情，所作散曲，則帶有儒雅端莊的風格。如〈沈醉東風　漁父詞〉：

黃蘆岸白蘋渡口，綠楊堤紅蓼灘頭。雖無刎頸交，卻有忘機友。點秋江白鷺沙鷗。傲

殺人間萬户侯，不識字煙波釣叟。

此曲寫漁父閒散隱逸的生活。一開始寫漁釣景色的繽紛幽靜，接著寫漁釣心情的閒適逍遙，末則寫漁釣精神的富足美好。其主旨顯豁，條理分明，在恬淡閒適中，也寄託了自身孤傲的性格。

(4)張養浩

張養浩生活恬淡，仕途雖順，但仍屢次辭官退隱。他久處宦海，對於當時民生疾苦，頗有感憤，故所作常爲緣事而發。如〈山坡羊　潼關懷古〉：

峯巒如聚，波濤如怒，山河表裡潼關路。望西都，意躊躇。傷心秦漢經行處，宮闕萬間都做了土。興，百姓苦。亡，百姓苦。

這是作者赴關中賑災途中，行經潼關，目睹百姓生活困苦的境況，有感而發之作。潼關是古來兵家必爭之地，關係著歷代王朝的興衰更迭，也牽連著百姓在戰役中所付出的血淚，因此「興，百姓苦。亡，百姓苦」這一深沈的喟歎，不但是張養浩爲官的無奈與沈痛，也是他悲天憫人襟懷的展現。全曲寄慨遙深，思想境界極高。

(5)**喬吉**

喬吉一生窮困落魄，但他卻心懷豁達，寄情詩酒，作品數量極多，時或流露窮愁潦倒的心情。如〈賣花聲　悟世〉：

肝腸百煉爐間鐵，富貴三更枕上蝶，功名兩字酒中蛇。尖風薄雪，殘杯冷炙，掩清燈竹籬茅舍。

這首小令寫的是喬吉自己對人情世故的體悟。作者鄙薄世態的炎涼、人情的冷暖、功名富貴的虛空，用筆極爲激憤深刻，但他仍願堅守氣節，繼續安於「掩清燈竹籬茅舍」的清貧生活，更顯現了他追求崇高人生格調的心志。

(6)**張可久**

張可久早年曾任小吏，因久不得志，遂無意仕進，浪跡江湖。晚年隱居杭州西湖，吟詠以終。其散曲作品極多，又以小令爲主。擅以詩、詞入曲，風格清麗典雅，華而不豔。如〈賣花聲　懷古〉：

美人自刎烏江岸。戰火曾燒赤壁山。將軍空老玉門關，傷心秦漢。生民塗炭，讀書人

一聲長歎。

古代的英雄豪傑，爲了爭奪天下，兵戎不止，卻苦了生民百姓，而讀書人也只能憑空長歎。此首寫作的筆法，與前面張養浩〈山坡羊〉「興，百姓苦。亡，百姓苦」極爲近似，流露出直率的本色，是一首借古諭今的詠史之作。

喬吉和張可久兩人並稱「元曲雙璧」，是元代散曲典麗風格的代表作家。兩人的〈賣花聲〉，一首敘悟世之志，一首抒懷古之歎，主題雖然不同，卻皆直截了當地道出自己的心聲，是題旨正大、作風雅鍊的小令名篇。

二、散文

古代散文發展至唐宋已達極峯，明清兩代直承其緒，雖然並沒有出現像韓、柳、歐、蘇那樣耀眼傑出的文壇巨擘，但優秀的作家也不乏其人，且隨著文學主張、流派迭起，創作觀念更爲多元，形成特殊的時代風格。

1.明代散文

(1)宋濂

宋濂是明初的文章大家，曾主持修撰《元史》，極受明太祖倚重。其文章風格雍容典雅，以傳記散文的成就爲較高，如〈秦士錄〉一文，敍寫鄧弼雖身懷卓絕的武藝和才學，但終因不遇，而隱居爲道士，抑鬱以歿的事跡。作者對鄧弼磊落的性格和坎坷的遭遇極表同情，既爲被埋沒的人才打抱不平，也替無辜的百姓悲歎，頗有爲國惜才的微意。全文以數件鄧弼的狂事來刻畫人物的狂態，其寫形摹神，皆酣暢淋漓，使鄧弼的文才武略，栩栩然躍於眼前，是一篇用筆細膩，而文氣豪邁的傳記作品。

(2)劉基

劉基在明代初年，不但是開國功臣，也是著名的文學家，詩、文皆所擅長，詩與高啓齊名，文則與宋濂並爲明初文宗。因鑑於元末政治環境的汙濁，爲文常藉助寓言故事來寄託對時政的批評，所著《郁離子》十八篇，即是他寓言文學的代表作。如〈良桐〉一則，藉樂師不辨琴之優劣，嘲諷當政者只重外表虛飾，不重眞實內涵的弊病；〈狙公〉則是透過養狙老人一味耍弄權術，終使羣狙覺悟而造反之故事，來隱喻治民者應有正確有效的手段。此外，如〈賣柑者言〉一則，是藉賣柑者之言，諷刺當時文臣武將的庸碌無能，就像果肉已乾腐而外表仍鮮美的柑橘。其構思巧妙，譬喻鮮明，語言犀利，氣勢旺足，一針見血地道出官場現狀，具有警世諷時的深意。此三則寓言均是用以小喻大的方式，來揭陳深刻的諷諭之理，其篇幅短小精鍊，政論傾向明顯，比喻貼切生動，是言淺而旨深的寓言佳作。

另外，〈尚節亭記〉一文則是表揚友人黃中立種竹、築亭的用意，並由「節」闡發「以節立身」、「以節立志」的道理。全篇以「節」爲文眼貫串，其立意新穎深刻，文思縝密緊湊，與一般描敘亭臺樓閣的「記」體文章相較，則顯然又多了一層託物言志的理趣，足以發人細思。

(3)方孝孺

方孝孺是宋濂的學生，以理學、文章著稱於時。其文章理直氣壯、縱橫豪放，大旨歸於明道致用。如〈指喻〉是一篇富於哲理的雜文，是以指病爲喻，由發疾、求醫、至用藥的經過，推演出謀政治國之理。所謂「天下之病，常發於至微，而終爲大患。」人身之病、國政之失皆起於細微，若不能防微杜漸，終將導致大害。作者爲文構思巧妙，結合敘事、議論而成篇，敘事部分條理分明，文字不枝不蔓，議論部分則與敘事照應緊密，觀點深透確實，文章層次由小及大，由近至遠，主題極爲突顯，比喻也甚爲貼切，很能引人入勝。

(4)歸有光

歸有光是明代古文大家，反對當時文壇「文必秦漢」的擬古風氣，主張效法韓愈、歐陽修之古文。其作品疏淡自然，情感眞摯，尤其擅長描寫家庭瑣事，委婉傳神，情韻洋溢，讀來親切有味。如〈項脊軒志〉是一篇兼有抒情性質的記敍散文。作者以自己青年時代的書齋——「項脊軒」之興廢變遷爲線索，貫串家中種種瑣事，以表達對祖母、母親及妻子的深切懷念，並寄寓家世興衰的感慨，及自己不凡的襟懷抱負。全文將日常生活瑣事細節娓娓道來，看似平淡樸質，但描敍細膩清新，情感也眞切自然，蘊藉深厚，是一篇很能代表歸有光散文風格的作品。

(5)宗臣

明代世宗嘉靖年間，文壇上有所謂「後七子」，以繼承「前七子」的文學復古主張爲號召，把復古運動推向高潮，宗臣即是其中的重要人物。當時政壇爲奸臣嚴嵩父子所把持，貪贓納賄，使政風極度敗壞。宗臣對此十分痛心，藉答覆長輩劉一丈來信的機會，寫成〈報劉一丈書〉。信中揭露求官者奔走權貴之門，競相諂媚賄賂的行徑，以譏諷官場「上下相孚」的醜態，並表明自己不屑同流合汚，而寧可守分的志節。其描繪生動，刻畫細緻入微，極爲形象化地展現了一幅「官場現形記」，是頗具譏諷誇張手法與風格的散文名篇。

(6)袁宏道

袁宏道是晚明「公安派」的代表人物。公安派反對復古、擬古，主張文學應「獨抒性靈，不拘格套」。故袁宏道所爲文章多率眞自然，清新秀麗，尤其山水遊記小品最享盛譽。

如他在辭去吳縣知縣後，漫遊西湖所寫下的一系列西湖記遊小品，很能代表其作品風格。其中第二篇〈晚遊六橋待月記〉可說是名篇中的名篇。作者認爲西湖之美在春日、在朝煙、在夕嵐，而尤以月夜爲最，這一與衆不同的欣賞觀點，使作者更能領略「花態柳情，山容水意」景致的別趣。全文不過一百餘字，篇幅算是簡短凝鍊，但構思精巧，意趣不凡，以逐層推進的筆法，渲染出西湖月夜的悠渺之景。在寫景、賞景之中，又兼加品評，別具韻味。整體而言可說是淡雅空靈、情韻雋永的記遊佳品。

(7)張岱

繼袁宏道雋永輕靈的小品之後，張岱汲取其長，在散文創作上也展現出清新自然的風貌，爲晚明小品文大家。所著《陶庵夢憶》是雜記形式的小品散文，以追憶昔日繁華盛景及時俗風尚爲題材，時又因景生情，寄託對大明故國興亡的感慨。全書由一百二十三篇小品文組成，長者五、六百字，短者僅百餘字，篇篇描寫生動，情景清新，富有雅趣和諧趣。如〈金山夜戲〉及〈湖心亭看雪〉兩則，前者是記載張岱夜過金山寺，一時興起，於寺中大唱夜戲的情景；後者是敍述他在大雪之日泛遊西湖賞雪，而巧遇同好雅客的情景。篇幅均極爲精簡，語言也大致平凡尋常，但讀來只覺筆墨橫恣、簡潔明快，富有生動活潑的諧趣及深曲悠遠的意境。

2. 清代散文

(1)顧炎武與黃宗羲

明末清初，許多思想家面臨改朝換代，異族入主的時勢變局，有感於國族淪亡之悲痛，大力提倡經世致用之學，發揚民族精神。其中尤爲著名的，如顧炎武、黃宗羲、王夫之等，均是當時大儒，並稱爲清初三大學者，所作多屬有爲而發，屬於學者散文。現今高中國文各版本對於顧炎武之〈廉恥〉均有選錄，而黃宗羲則有〈原君〉一篇入選，以下即分別說明：

顧炎武的《日知錄》，是讀書隨記、稽古有得之作，以明道救世爲宗旨，其〈廉恥〉一篇，旨在闡述廉恥和國運興衰的關係。顧炎武鑑於明末士大夫寡廉鮮恥，變節求榮，而不重氣節的行徑，表示極度不滿，故沈痛之餘，撰作此文，既抒發感慨，亦期能藉以警醒世人。文中屢援引前人名句，如引用《五代史・馮道傳》的文字爲議論開端，接著又連續以孔子「行己有恥」、孟子「人不可以無恥，無恥之恥，無恥矣」、「恥之於人大矣，爲機變之巧者，無所用恥焉」及《顏氏家訓》所載士大夫教子學鮮卑語、彈琵琶以伏事公卿之事等語，續加鋪墊，並從而歸結出「士大夫之無恥，是謂國恥」之論，其針對性極强，語語警策，增加了論證的權威性。本文雖是讀書筆記，但借古論今之意極爲深切著明，實可視作一篇評議時政的論說文。顧炎武憂國傷時，發爲文章，尤覺正氣凜然，全篇措辭嚴正而懇切，此正展現了學者濟世襟懷的風格器識。

另外，黃宗羲著有《明夷待訪錄》，是其發揮政治思想的重要著作。其書首篇的〈原君〉，旨在探討設立君主的根本精神與意義，對君主制度有極爲深切的省思。文章從古時人君爲百姓興利除害，而後世人君卻把天下視爲私產之行徑作出對比；接著抨擊後世人君爲爭奪私利而成爲天下之大害，並駁斥小儒絕對尊君的觀念；最後則强調唯有明白爲君之職分，在求得百姓萬民之利，如此才能避免後世永無止盡對君位私利爭奪的紛亂。全文在論證上逐層推闡，夾敍夾議，是一篇邏輯嚴明、析理透闢、見解高卓的政論文。

⑵李漁

李漁是明末清初著名的小說家、戲曲家，也是極重生活情趣的文人。其《閒情偶寄》一書，爲探討戲劇及生活藝術的雜著，其見解獨到，價值頗高，廣受古今學界推崇。現行各版本分別選有〈水仙〉及〈芙蕖〉兩篇，皆爲《閒情偶寄》中的小品佳篇。

李漁以爲一年四季中，春以水仙、蘭花爲命，夏以蓮爲命，秋以秋海棠命，冬以臘梅爲命。〈水仙〉及〈芙蕖〉兩篇所敍，正是「四命」中的主角。〈水仙〉文中先强調水仙在自己生活中的必要性，並突顯水仙異於羣葩的特色，最後更就種花人巧控花時的技術著眼，補述水仙受人鍾愛的原因。全文用筆深刻，敍寫盡致，瀰漫著作者熱愛水仙的浪漫情懷。至於芙蕖（即蓮花、荷花），是作者「夏季倚此爲命者」，故作〈芙蕖〉一文加以讚賞品題。芙蕖之

「可人」，舉凡荷錢、蓮葉、蓮花、乃至蓮蓬，皆各具姿態，既賞心悅目，芬芳撲鼻，有極高的觀賞價值，又具食用、裹物等實用價值，眞可謂「可目」、「可鼻」、「可口」、「可用」。文中對芙蕖用鉅細靡遺的工筆加以描寫，正顯現了作者不凡的慧眼靈心。全篇文筆細膩生動，淡雅有致，能令草木生情，與〈水仙〉同樣都流露出怡人心目的風雅情趣。

(3) 方苞

有桐城派初祖之稱的方苞，爲文重視「義法」，主張「言有物」、「言有序」，即內容與形式並重的文章，故所作多平實嚴謹、典雅簡潔。方苞最爲人所熟知的，當首推〈左忠毅公軼事〉一文。這是記敍左光斗識拔史可法，其後史可法忠勤愛國以報師恩等遺聞軼事的寫人散文。文中透過幾件細節，把左公勤政、愛才、忠貞、剛毅的形象，描繪得生動傳神；而記史可法之事，則歸結於左公崇高情操感召所致，爲側面烘托之筆，使師生二人志節能交互輝映，相得益彰，可見其筆法之精妙。而全篇的對話精簡、語言明快，記事亦剪裁得宜，很能代表方苞「雅潔」的文章風格。

(4) 袁枚

袁枚是清代的詩文名家，作詩尤重「性靈」，強調抒發眞情實感，作品清新率眞，獨樹一格；爲文則崇尚韓柳及秦漢古文，所作大多自然流暢，饒富情趣。其〈祭妹文〉一篇，爲袁枚祭其三妹而作，可謂是古代散體祭文之上品。文章歷敍其妹自幼至長、自嫁而歸、自歸而亡的情景，在追憶瑣事中訴說衷情，把兄妹兩人如手足、不忍離別的深情，娓娓道來，其眞情實感充塞於全文之中，字字血淚，句句憾恨，確是一篇悽惋動人的作品。又〈黃生借書說〉一文，是藉黃生借書之事而大談「書非借不能讀」之理，從而勉勵人應專心致志、發憤好學。全文僅二百餘字，但用筆明快流利，論敘也周密嚴謹，或今昔對比，或頓挫起伏，皆頗具慧心，其「贈人以言」的直率情意，使人讀來興趣盎然，並不覺有「說」體文章的嚴肅之味。至於〈隨園記〉則是一篇園林記體之作，主要在記敘「隨園」之由來、描敘「隨園」景致之美及其變遷，並依景生情，抒發自己「隨時之宜」、隨順自然的人生態度。全篇融寫景、記事、抒感爲一體，其景色秀美、情致深邃，表露出作者因愛好自然而捨官歸園的生命情懷。

(5)錢大昕

錢大昕是清代乾嘉時期的經史學家，著作極豐。其〈弈喻〉一文，是藉觀棋、下棋之經驗，規誡學子須能見己之失，切勿自以爲是，甚或輕易譏諷他人。至於文章末段：「人之失者，未必非得也；吾之無失者，未必非大失也。」兩句，尤其精警，道出了爲人治學的重要準則。本文篇幅簡短，文字平易，作者以現身設喻的方式說理，用意更覺深長，讀來很有豁然開朗之感。

(6)龔自珍

清代自中葉以後，西方勢力漸漸進入，對政治、社會、人心均造成相當大的衝擊。知識份子不願再受到思想的箝制，而勇於提出改革政治的主張。龔自珍即是其中的一位。

龔自珍關心時政，倡導改革，詩文中常流露憂國憤世之情。在散文方面，以評議政治社會的政論文章較多，其中提出了不少變革風氣的主張。而〈病梅館記〉則是一篇寓意深遠，帶有批判意義的雜文。文中以文人畫士的「孤癖之隱」而使梅皆病，自己決心要療治病梅之事，來表達對人才被壓迫摧殘的不滿，及對自由解放的高度嚮往，主題在影射筆法的烘托中，可說相當突顯。本文以梅喻人，借梅喻政，其立意極爲巧妙而別開生面。在託物言志之中，可以感受到作者「窮予生之光陰以療梅」的苦心，是極爲熱切堅定、富有銳氣的。

(7)連橫

連橫是清末民初的歷史家，以能文的史家之筆，仿正史體例，撰著《臺灣通史》一書，專記臺灣歷史，其取材宏富，事理詳賅，對於臺灣文獻史料之保存，貢獻極大。由於行文上仍用文言，讀來亦有古文的典雅之風，但敘事較爲明白曉暢，是頗具文采的一部史書。以下就以〈臺灣通史序〉一文爲例說明。全文從「臺灣固無史也」開篇，敘述舊志誤謬疏漏，對於臺灣開發以來的歷史又未及備載的遺憾，連橫有鑑於歷史對於民族不得或缺的重要性，因而引發出「臺灣無史，豈非臺人之痛歟」的感歎，這便成爲他撰史修史的著作動機。接著談到重修臺史種種實際上的困難，然其迫切性，讓他更加體認到修史已是刻不容緩之事，因此「發憤述作」，終以十年之功，撰成《臺灣通史》八十八篇。最後，點明修撰《臺灣通史》的旨意，一在追懷先人拓殖臺灣的貢獻，一在期勉臺灣同胞「惟仁惟孝，義勇奉公」，以發揚民族文化精神。全篇的結構謹嚴，有敍有議，有緣起，有寄語，可謂深中序跋文章的寫作精神。而文章一路寫來，條理分明，脈絡清晰，文意平實，情思懇切，不但蘊有宏遠的立說深旨，也可從中體會作者眷愛鄉土的情懷，及深明民族的大義的史識。

3.綜合比較

(1)明清小品文與唐宋古文風格的比較

唐宋古文家在明道致用傳統觀念的指導下，寫作態度顯得較爲嚴謹，文章也大多有正大確切的主題思想，即使如寫景記遊的散文，如柳宗元〈始得西山宴遊記〉、歐陽修〈醉翁亭記〉、或是王安石〈遊褒禪山記〉等，皆在景中抒懷或敍理，富有厚實持重的理趣；而明清的小品文，則一反擬古傳統，主張隨意之所至，抒寫性靈，就以同爲山水記遊的作品來說，如袁宏道〈晚遊六橋待月記〉、張岱《陶庵夢憶》諸篇，及袁枚〈隨園記〉等，皆是率眞自然、雋麗閒逸之作，深具輕巧空靈的情趣，能充分展現作者的天性及生活藝術。

(2)「喻」類散文的比較

「喻」，即譬喻，是用設喻的方式來說理的一種文章，近似「寓言」。其寫作方式大抵先敘事、再據以說理或議論，並使事、理互相印證，發揮譬喻明理的效果。如方孝孺〈指喻〉及錢大昕〈弈喻〉即爲名篇。〈指喻〉以指病爲喻，推衍闡明治國之理；〈弈喻〉則以弈棋爲喻，引申出學者當能見己之失，不宜輕易譏諷他人之理。兩文皆由小見大，以近取譬，主題極爲突顯，比喻至爲貼切，用意也深長可味，均屬構思巧妙的喻類散文。

(3)「記」體散文的比較

各版本選錄的「記」體散文，或爲山水遊記，如袁宏道〈晚遊六橋待月記〉、〈雨後遊六橋記〉，或爲亭園館閣記，如劉基〈尚節亭記〉、歸有光〈項脊軒志〉、袁枚〈隨園記〉、龔自珍〈病梅館記〉等；或屬畫記，如黃淳耀〈李龍眠畫羅漢記〉。其所「記」之對象不同，主題各異，筆法及風格也各有其異趣。以下列表略加比較：

篇名	作者	主題	筆法及風格	類別
晚遊六橋待月記 雨後遊六橋記	明・袁宏道	敘寫西湖景色之美及遊賞之樂。	率眞自然 清新秀麗 淡雅空靈 極具情趣韻味	山水遊記

尚節亭記	明・劉基	表揚友人種竹、築亭之意，並闡發「以節立身」、「以節立志」之理。	立意深刻 文思縝密 富有理趣	亭園館閣記
項脊軒志	明・歸有光	透過對自己青年時期書齋的描敘，表達對興衰變遷的深切懷念及感慨。	細膩清新 蘊藉深厚 情感眞摯自然	
隨園記	清・袁枚	記敘「隨園」由來，並描寫隨園景致之美及其變遷。	景色之描寫秀美 情致深邃	
病梅館記	清・龔自珍	以梅喻人、借梅喻政，表達人才被壓迫摧殘的不滿。	託物言志 寓意深遠 富有批判色彩	
李龍眠畫羅漢記	明・黃淳耀	描寫宋代畫家李龍眠「十八羅漢渡江圖」的布局及人物的狀貌神情，並點明該畫的寓意。	構思細膩 描敘精巧傳神 意趣橫生	畫記

(三)小說

中國的小說導源於魏晉南北朝的志人、志怪小說以及唐人的傳奇，而宋人的話本更開展了通俗小說的創作生命，爲元明清的小說提供了豐富的寫作題材。

明代小說的佳作極多，且多以白話方式呈現，成爲小說創作的主流，短篇者如馮夢龍的《三言》、凌濛初的《二拍》等；長篇者如所謂的「四大奇書」——《水滸傳》、《三國演義》、《西遊記》及《金瓶梅》。這些小說大多是在民間流傳的話本、戲曲的基礎上改編、加工而定型後，成爲家喻戶曉，廣受歡迎的作品。清代則續有進展，文人作家將自身的思想、情感注入作品，以獨特的寫作手法敘寫他們生活周圍的人或事，所以表現出完整而獨創的藝術風貌，如《儒林外史》、《紅樓夢》，及清末的《老殘遊記》等，即是最爲膾炙人口的小說名著。另外，在文言小說方面，則可以蒲松齡《聊齋誌異》爲標誌。以下就高中課本中所選錄的明清小說篇章，逐一加以介紹，以明其風格特色。

(1)水滸傳

《水滸傳》非一時一地一人之作，而是經過長期演進、多次修改的作品，爲我國第一部傑出的章回小說。內容敘述北宋淮安大盜宋江等一百零八大嘯聚梁山泊的故事。施耐庵以史實記載、民間傳聞及話本爲基礎，加上想像渲染，將水滸故事鎔裁成一部完整的小說，其人物的狀寫，極爲生動活現，情節的鋪敍，也甚爲精采緊湊。如選自第五回的〈魯智深大鬧桃花村〉，是寫魯智深爲劉太公打抱不平，見義勇爲的故事。魯智深個性粗魯急躁，但卻剛直豪邁，頗有古俠士之風；劉太公拘謹淳厚，軟弱怕事；而小霸王則恃強欺弱，輕率粗鄙。作者塑造人物形象及性格的功力，於此可見一斑。篇中小霸王迎親，被魯智深痛懲的一段，是本篇的高潮，更可見作者經營情節的精湛筆力。另如選自第九回的〈林沖夜奔〉，敍寫林沖被高俅父子陷害，由一忍再忍、委屈求全，終於奮起反抗、手刃仇人爪牙的經過，而林沖也從一個八十萬禁軍教頭變爲梁山草寇。作者以先緩後快的筆法，突顯出「官逼民反」的故事主題。

《水滸傳》的故事生動，高潮迭起，語言通俗易懂，所以幾百年來一直受到廣大讀者歡迎，成爲一部雅俗共賞的小說。

(2)三國演義

有關三國歷史人物的故事流傳已久，宋元時，更成爲說話人說書的主要題材，羅貫中便以《三國志平話》爲藍本，參考正史、軼聞、傳說，並廣爲採輯，重新寫成《三國志通俗演義》（簡稱《三國演義》）。其人物形象鮮活，情節變化奇詭，語言錘鍊精純，結構恢宏瑰偉，是一部成功將歷史小說化的文學作品，數百年來風行不衰，成爲家喻戶曉的通俗讀物。

〈用奇謀孔明借箭〉（即〈草船借箭〉）便是極為著名的情節。故事主要在敘述諸葛亮利用江面大霧向曹操借箭的經過。在情節的推衍中，人物的形象、性格尤為鮮明生動：魯肅的忠厚憨直、周瑜的自負與善妒、諸葛亮善用智謀的神機妙算，加上緊湊、有張力的情節安排，皆入木三分地呈現於眼前，更使得全文處處扣人心弦，令讀者興味盎然，擊節讚賞。

(3)儒林外史

《儒林外史》是一部享有盛名的諷刺小說，作者吳敬梓以寫實犀利的手法揭露傳統禮教與科舉取士制度的弊害，雖然以明代為背景，其實反映的也是清初雍正、乾隆之際的時代面貌。由於吳敬梓對於人情人性的觀察透徹深入，所以小說中對於讀書人的醜態和悲劇，皆能刻畫得窮形盡相，入木三分。《儒林外史》是長篇章回體小說，但結構略嫌鬆散，係由許多短篇小品連綴而成，然其諷刺抨擊八股文取士流弊的意旨，卻是貫串全書的主要思想。如節選自第三回的〈范進中學〉一段，便是家喻戶曉、傳誦不輟的名篇。敘述老童生范進至五十四歲方中秀才，接著同年參加鄉試，竟又中舉人，於是喜極而狂。作者透過范進中舉前、中舉後，世人（胡屠戶、鄰居）前倨後恭態度的尖銳對比，反映出人情世態的炎涼。在冷靜客觀的敘述中，諷刺的力量卻更顯強勁。范進熱衷功名、可笑可憐的形象，胡屠戶傲慢刻薄、趨炎附勢的性格，在笑謔之餘，很能引起讀者的省思。綜而言之，本篇人物性格形象之刻畫鮮明突出，手法委婉含蓄，情節細膩生動，深具諷世的意涵。

(4)紅樓夢

相較於沿襲話本潤飾改編而成的《水滸傳》、《三國演義》，或是結構略嫌鬆散的《儒林外史》而言，《紅樓夢》可以說是一部精心撰作，且章回結構緊密的小說巨著。曹雪芹以十年之力，把他一生所見所聞寫成《紅樓夢》，經過多次增刪，內容包羅萬象，思想豐富深刻，情節周密富有變化，人物刻畫細膩，文字之驅遣更是達到爐火純青之境，是一部深具文藝魅力與價值的作品。現行各版本高中國文所選錄的皆爲「劉老老進大觀園」段，敘述農村婦女劉老老遊歷大觀園的種種趣事。作者透過劉老老的見聞與感受，展現大觀園中豪華奢侈的生活樣貌，並將劉老老的言辭、舉止刻畫得極爲生動。她善良樸實、詼諧風趣、慧黠機警和深悉人情世故的形象，皆傳神地躍然紙上。全篇場景的轉換，在衆人的捉弄及劉老老誇張逗趣的妙語中，鋪陳得十分自然而緊湊，情節尤其能引人入勝，耐人尋味。凡此種種，皆可見作者高明的寫作技巧與細膩靈動的寫作風格，無怪乎會成爲《紅樓夢》中最爲膾炙人口，且歷久不衰的著名片段。

(5)老殘遊記

《老殘遊記》的作者劉鶚透過書中主角老殘在四方遊歷的見聞，對當時黑暗殘酷的吏治痛加批判，是清末第一部揭露「清官」殺人誤國之惡的譴責小說。〈明湖居聽書〉選錄自第二回，是《老殘遊記》中極有名的片段。其主題並不在揭露貪官污吏之惡，而在描寫說書。文中先記敍彈三弦者的形貌和彈奏的技巧以爲「引子」；次又以黑妞說書百變不窮之妙爲陪襯，然後再正式寫白妞（王小玉）說書的情景，此部分將白妞的相貌、眼神、神采、說書的聲調，寫得貼切生動而傳神，且譬喻多樣，不落俗套，令讀者如見其人、如聞其聲、如臨其境。尤其以具體的形象比喻抽象的聲音，更是極盡摹聲之能事，故能妙趣橫生。綜觀全篇，其層次分明，高潮迭起，修辭妥貼，運筆生動，處處可見作者行文的巧心妙思。

(6)聊齋誌異

《聊齋誌異》是清代文言短篇小說中的傑作，也是志怪小說中的佼佼者。蒲松齡把長期在民間生活的所見所聞，精心寫成四百多則短篇小說，所記多爲神鬼妖孤的故事，但寫來莫不曲盡人情，具有諷諭警世的深沈意涵，所以不能將之視爲一般的神怪小說。如〈種梨〉一篇，描寫一個道士因乞梨不得，而作法懲治賣梨人的故事。其情節雖荒誕，但敍述極爲生動有致，且富戲劇性變化，其中也寓含了對錙銖必較、爲富不仁者的諷諭之意。又〈勞山道士〉一篇是藉描寫法術高超的勞山道士，以諷刺王生淺學輒止、好逸惡勞，和心術不正的特質。其中反映的人情世態，值得思考體會。全文結構嚴謹，敍事詳盡，是一則風趣雋永、寓意深刻的短篇故事。另外〈口技〉，則寫一女子藉表演口技的方式，向人開方售藥的故事。篇中描摹女醫、三姑、三婢、小郎子、小貓及折紙、拔筆、擲帽、磨墨等不同的聲音，皆繪聲繪影，各盡其妙，令人如臨其境，充分展現了靈活入神的文筆。至於〈武技〉一篇，有別於《聊齋誌異》中一般以鬼狐爲內容的故事主題，敍述李超拜少林僧爲師，先後與少林僧、尼比武的經過，藉以垂鑒習技者不可恃强爭勝的道理。全篇布局分明，情節奇巧，趣味十足，對於武技施展的描敍也具象生動，是一則兼具警世意義的武俠小品。以上四篇之主角、情節各自不同，但都在作者的巧筆勾畫，反映出人間的百態。

《聊齋誌異》的情節荒誕詭奇，描寫深刻細緻，人物個性塑造成功，尤其運用淺近文言書寫，文辭顯得精鍊雅致，簡潔明暢，更是使故事引人入勝的一大因素。

五、眾聲喧騰的現代文學

民國的建立，改變了政治的體制，而民國初年的五四新文化運動，則革新了文學的整體風貌。白話取代了文言，自由的精神取代了傳統政教言志載道的束縛，使現代文學的面貌渙然一新。現代文學發展至今日，這八十多年來，作家輩出，流派競起，作品的數量雖不及歷朝往代所累積的成果那樣豐碩，但現代作家對於新題材的開發、新文體的嘗試、新技巧的淬煉，可謂不遺餘力，貢獻卓著，因此獲致的成就耀眼可觀，頗具令人耳目一新的風華與眾聲喧騰的光景。

一般而言，現代文學也可大別爲詩、散文及小說三大體類，唯由於目前高中各版本國文課本所選錄的作家作品極爲紛繁，因此在舉例說明上僅以詩及散文之作家作品爲例，並擇選其中有兩種以上版本選入者或較具代表性者，遺珠之憾，實所難免。不過，由小見大，以偏窺全，讀者依此類推旁通，應可對現代文學之風貌有進一步的體認。

(一)詩

古典詩歌講求押韻、對仗、平仄，句型也規律工整，風格較爲婉約凝鍊；而現代詩則完全擺脫了格律的限制，篇幅或長或短，詩人可以自出心裁，盡情表達內在的情思，因此體式自由多變，內涵包羅萬象，風格自然也就顯得絢目多姿，難以一言概括。

從現代詩的發展歷史來看，其流派蕃衍，幾經變遷，如早期的胡適；新月詩派的徐志摩；藍星詩社的覃子豪、余光中、羅門；現代詩派的紀弦、洛夫、瘂弦、鄭愁予；或是以鄉土詩著稱的吳晟等，其創作傾向、主張各自不同，故所作亦有獨特面貌，其中不少詩人在創作上仍然甚爲活躍，因此現代詩的風貌也就更爲日新月異，足以令人再三翫賞。以下僅就高中國文課本爲範圍，略舉數家及其代表作品加以說明。

(1)新詩的開山祖——胡適

在近代學術史上，胡適是極具影響力的人士，尤其他力倡白話文學，以具體的創作實踐，爲白話詩文樹立了新時代的里程碑。如〈夢與詩〉：

都是平常經驗，

都是平常影象，
偶然湧到夢中來，
變幻出多少新奇花樣！

都是平常情感，
都是平常言語，
偶然碰著個詩人，
變幻出多少新奇詩句！

醉過才知酒濃，
愛過才知情重：——
你不能做我的詩，
正如我不能做你的夢。

在這首說理詩中，胡適以平易淺近的語言抒發了自己貴獨創的創作觀，也強調了藝術貴在眞誠。前二節由夢的產生而及於詩的誕生，兩者湧現、變幻的情境類似，雖屬「平常」，但卻皆屬創作的源頭活水；第三節綜合前述之意，强調唯有眞實的經驗感受才能產生展現個人風格的作品。其說理明暢如話，但仍有詩味詩韻，是一首意深辭婉、耐人尋思的作品。

(2)創新格律的徐志摩

徐志摩對古典文學的造詣極高，詩文兼擅，又曾留學美國和英國，所以在創作上也深受西方文學的影響，或取材於異國情調，或取徑於英詩格律，然後在鎔鑄多方的彩筆點染下，揮灑出許多情意眞摯、辭采華茂、韻律和諧的不朽詩篇，在近代文壇上，是個極具浪漫氣質的作家。如風行一時的〈再別康橋〉，是其代表名作：

輕輕的我走了，
　正如我輕輕的來；
我輕輕的招手，
　作別西天的雲彩。
那河畔的金柳，
　是夕陽中的新娘；
波光裡的豔影，
　在我的心頭蕩漾。

軟泥上的青荇，
　油油的在水底招搖；
在康河的柔波裡，
　我甘心做一條水草。

那榆蔭下的一潭，
　不是清泉，是天上虹，
揉碎在浮藻間，
　沈澱著彩虹似的夢。

尋夢？撐一支長篙，
　向青草更青處漫溯，
滿載一船星輝，
　在星輝斑斕裡放歌。
但我不能放歌，

悄悄是別離的笙簫；
夏蟲也為我沉默，
沉默是今晚的康橋！
悄悄的我走了，
正如我悄悄的來。
我揮一揮衣袖，
不帶走一片雲彩。

徐志摩於民國十年進入康橋大學，其後又於十七年重遊康橋，由於舊地重遊，感觸良深，於是在回國途中作成此詩，詩題定爲「再別康橋」。全詩以細膩精美的語言，輕逸瀟灑的筆觸、清柔和緩的韻調，書寫康橋的黃昏及夜晚的景色，也抒發了輕輕淡淡的離愁別緒，詩人對康橋的眷戀深情，可謂表露無遺。全詩寄寓了詩人細膩而豐富的情思，也展現了情景交融的優美意境，是徐志摩婉約柔媚風格的代表作品。

(3)融古入今的余光中與鄭愁予

余光中是台灣當代文壇的重要作家，其創作力旺盛，詩、文、評論、翻譯皆所擅長，不但成果豐碩可觀，並且積極參與詩壇活動及文學論戰，常提出有力見解，故能獨領風騷，對於現代文學的發展有相當大的貢獻。余光中的詩作視野遼闊，勇於嘗試各類題材，詩風變化多姿。如〈等你，在雨中〉一詩，運用朦朧含蓄的筆調，刻畫一位男子等待情人時一連串的心情變化及心境隨想，節錄如下：

等你，在雨中，在造虹的雨中
　蟬聲沉落，蛙聲昇起
一池的紅蓮如紅焰，在雨中

　　你來不來都一樣，竟感覺
　　每朵蓮都像你
尤其隔著黃昏，隔著這樣的細雨

……
忽然你走來

步雨後的紅蓮，翩翩，你走來
像一首小令
從一則愛情的典故裡你走來
從姜白石的詞裡，有韻地，你走來

全詩的構思極爲巧妙，語言也相當親切，透過「紅蓮」的意象貫串，把等人的心情描敍得十分熱切而細膩，是一首情韻綿綿、聲情飽滿，而風格浪漫的情詩。其次如〈白玉苦瓜〉（詩長不錄），則是一首以懷古詠史爲題旨的詠物詩。詩從白玉的清瑩、圓膩、琢成苦瓜之後栩栩如生的形象寫起，進而引申點出肥沃的中國土地正是哺育苦瓜的恩液，最後讚嘆白玉苦瓜像不虞腐爛的仙果，具有永恆不朽的藝術價值。全詩立意甚高，用筆深刻，處處展現了詩人深湛的古典文學修養。而歷史文化的意識也在詠物寄情的筆墨中，與物形渾然融爲一體，極盡神韻之美。再者，〈尋李白〉（詩長不錄）是一首詠史詩，也是以探索歷史文化精神爲主題的作品。詩以第二人稱口吻進行鋪敍，從李白的失蹤、寫到找尋李白、發現李白，心情時而悅樂昂揚，時而悲涼無奈，在反覆詠歎中，不但突顯了李白形象的崇高與永恆，也抒發了自己對李白的傾心孺慕之情。詩將與李白有關的史蹟、傳說、人物、詩句、典故，皆一一編織於其中，加深了李白具體形象的歷史深度，所以讀來更覺其情思婉曲，而氣勢則顯得宏肆不凡。

鄭愁予擅長於抒情詩的寫作，早期作品能熔古典於現代，詩風有婉約飄逸的韻致，於輕柔浪漫情調中，略帶淡淡的哀愁；在擱筆多年再重拾詩筆之後，風格則轉趨深沈冷靜而成熟，呈現較具知性圓融的一面。如最爲膾炙人口的名篇〈錯誤〉，是其早期之作。詩以「我」爲敍事主角，藉著身爲匆匆過客而被錯認爲歸人的一樁誤會，描寫思婦企盼丈夫歸來的落寞心情。性質雖屬於傳統的閨怨詩，但由於設思新穎奇特，故能推陳出新，獨具別趣。詩中運用了「蓮花」、「東風」、「柳絮」、「寂寞的城」、「青石的街道向晚」、「跫音」、「春帷」、「窗扉」等諸多意象，不但營造出寧靜黯淡的情景，勾畫了起伏曲折的思緒，也使詩句的象徵意涵更爲豐富。這「美麗的錯誤」，含蓄而多致，增添了讀者無限的迷離與悵惘。

(4) 關懷鄉土的吳晟與向陽

在鄉土文學盛行的七〇年代，吳晟是最早從事創作，也最具代表性的鄉土詩人。吳晟將自身豐富的農村生活經驗寫成詩篇，語言淺白，風格樸實，在台灣文壇獨樹一幟。如〈土〉：

赤膊，無關乎瀟灑

赤足，無關乎詩意
至於揮汗吟哦自己的吟哦
咏嘆自己的咏嘆
無關乎閒愁逸致，更無關乎
走進不走進歷史

一行一行笨拙的足印
沿著寬厚的田畝，也沿著祖先
滴不盡的汗漬
寫上誠誠懇懇的土地
不爭、不吵，沉默的等待

如果開一些花、結一些果
那是獻上怎樣的感激
如果冷冷漠漠的病蟲害
或是狂暴的風雨

蝕盡所有辛辛苦苦寫上去的足印
不悲、不怨，繼續走下去

不掛刀、不佩劍
也不談經論道說賢話聖
安安分分握鋤荷犁的行程
有一天，被迫停下來
也願躺成一大片
寬厚的土地

這是一首呈現土生土長、勤勉踏實小人物生活態度的作品。他們荷鋤揮汗拓墾自己的土地，不爭、不吵、不悲、不怨，沉默而安分，最後仍與土地結合在一起，本詩便在彰顯這樣與土地相互依偎的執著深情。另又如〈蕃薯地圖〉：

阿爸從阿公粗糙的手中

就如阿公從阿祖
默默接下堅硬的鋤頭
鋤呀鋤！千鋤萬鋤
鋤上這一張蕃藷地圖
深厚的泥土中

阿爸從阿公石造的肩膀
就如阿公從阿祖
默默接下強韌的扁擔
挑呀挑！千挑萬挑
挑起這一張蕃藷地圖
所有的悲苦和榮耀

阿爸從阿公木訥的口中
就如阿公從阿祖
默默傳下安分的告誡

說呀說！千說萬說
記錄了這一張蕃藷地圖
多難的歷史

雖然，有些人不願提起
甚至急於切斷
和這張地圖的血緣關係
孩子呀！你們莫忘記
阿爸從阿公笨重的腳印
就如阿公從阿祖
一步一步踏過來的艱苦

此詩以民謠體的形式、平實的語言，歌頌了台灣農村農民代代相傳、默默耕耘的榮耀形象。兩首詩的語言皆不事雕琢，也很能表現出詩人篤實樸拙、惜福感恩的鄉土情懷。

向陽則是新生代詩人中頗具反省精神的一位。其所致力開創的「十行詩」的現代詩新形式，頗獲詩壇好評。如〈立場〉便是向陽極具代表性的十行詩作。詩如下：

你問我立場，沉默地
我望著天空的飛鳥而拒絕
答腔，在人羣中我們一樣
呼吸空氣，喜樂或者哀傷
站著，且在同一塊土地上

不一樣的是眼光，我們
同時目睹馬路兩旁，眾多
腳步來來往往。如果忘掉
不同路向，我會答覆你
人類雙腳所踏，都是故鄉

詩由問句開端，以答句作收，指出同一塊土地上的人，呼吸相同的空氣，同喜同樂，因此最後所說「雙腳所踏，都是故鄉」，不但是對「立場」何在的答覆，也表現對現實環境中種種意識形態爭辯的理性思維。其詩旨明晰，意象單純，在新詩體的韻律中，透露出平實卻有力的詩味。與前述吳晟農村生活題材的作品相並而觀，兩人出發點不同，形式各異，但皆展現了對自己鄉土的關愛。

5.散文詩的詩感與詩味

現代詩的形式自由多變，其中「散文詩」是介於詩與散文間的一種體類，兼具兩種文體的特徵：它有詩的思路、意境，但又比詩來得鋪陳；它的語法結構接近散文，但篇幅比散文來得短小，語言更顯精鍊濃縮，整體呈現出另一番詩感與詩味。如蘇紹連的〈七尺布〉，全詩如下：

> 母親只買回了七尺布，我悔恨得很，為什麼不敢自己去買。我說：「媽，七尺是不夠的，要八尺才夠做。」母親說：「以前做七尺都夠，難道你長高了嗎？」我一句也不回答，使母親自覺地矮了下去。
>
> 母親仍按照舊尺碼在布上畫了一個我，然後用剪刀慢慢地剪，我慢慢地哭啊！把我剪破，把我剪開，再用針線縫我，補我……使我成人。

這篇作品由兩段文字組成，第一段似是用口語鋪敍而成的散文，由母親與兒子間的對話，表現長輩式霸權所造成親子間的衝突；第二段承續自上段，筆調從衝突轉為沉默，從寫實的對話轉而為非寫實的主觀式敍述。「母親仍按照舊尺碼」為孩子裁布縫衣，準確詮釋了母親的角色扮演。全詩節奏進行大致舒緩，但極具戲劇張力，最後在「使我成人」四字中戛然作收，使全篇在瞬間達到高潮。詩人把成長過程用象徵的手法呈現，形象鮮明，詩風則顯得嚴肅深沈，苦澀而耐人咀嚼。

(二)散文

現代散文除了用語由文言轉變為白話外，其餘在體製、寫作規律上，其實並沒有太大的不同。唯由於傳統詩文往往被賦予載道言志的教化意義，文人寫作多是有為而發，或論議諫說，或寄寓傷悼之情，其文章常有實際的應用功能。但現代作家則不一定拘限在這樣特定、實用的述作動機，在創作上較能暢敍胸臆，自抒懷抱，秉持「為文學而文學」的出發點，從事多方嘗試，使現代文學的題材更為多元化，語言也力求細膩，散文的純文學面貌更為突顯，因此開展出絢目多姿的風格。

就類型而言，有感性詩味的詩化散文、有饒富理趣的說理散文，有感物懷志的抒情散文，有詼諧幽默的隨筆小品等等，即使同一作家，在不同時期之創作風格，亦時有遷變，以下略舉數家說明。

(1)徐志摩

徐志摩的散文一如其詩，擅長捕捉靈感、營造意象，且在感性的筆調中，充蘊灑脫浪漫、執著奔放的熱情。如〈翡冷翠山居閒話〉一文，是徐志摩詩化散文的代表之作。文中敘寫自己在山居生活中愜意與自適的心境。他認爲遨遊自然時不須約伴，也不必帶書，貴在無拘無束，貴能細心體會。作者以輕巧秀逸的筆觸，帶領讀者在自然純美的世界裡盡情徜徉，縱意享受。全文屬於「閒話」式的信筆揮灑，其造境優美，情致穠麗，極盡精景交融之妙，從中不但流露出作者自身熱愛生命，追求自然的胸臆，也充分展現了情采兼佳，知性感性兼具的個人獨特風格。

(2)朱光潛

朱光潛畢身致力於美學的研究與美育的倡導，其著作也多與文藝美學理論的探討有關，對於近代文學研究有極大的影響力。其散文的創作要旨在於論述文藝現象或基本原理，故議論說理成份較多，但其深入淺出的文筆，增加了文章的親和力，讀來很能予人啓發。如選自《談美》一書中的〈我們對於一棵古松的三種態度〉，是高中課本中常入選的名篇。全文從對一棵古松的三種態度——即實用的、科學的、美感的，探討美學的原理。實用的態度在求善，科學的態度在求眞，美感的態度在求美，三者都是人性的需求，眞善美兼備，才算是完全的人。而其中，美感經驗更是人生中最有價值的一面，也是人所以爲萬物之靈的可貴之處。這是一篇結合說喻與倡導成份的論說文。其中說喻部分，或分類比較，或譬喻舉例，其語言平實，層次分明，邏輯嚴謹；而倡導部分，則强調美及藝術的「用」及價值，以寄語勉勵讀者，珍視思想家、藝術家的不朽成果，其語言愷切，極富說服力。綜合而言，全篇並無教條式說理的平板之感，也不發空虛浮泛之論，反而在作者親切生動、明確透闢的說諭下，寄寓了深切的期勉，發揮了倡導之功，值得細心體會。

(3)豐子愷

豐子愷在漫畫、翻譯，以及散文創作上皆享有獨特成就，是具有多方面文藝才華的作家。在散文方面，豐子愷尤擅長於說理散文的寫作。他以平實自然的筆墨，自日常生活中取材，從事深入敍寫，或發掘兒童情趣，或刻畫社會百態，或描繪自然物象，常出諸悲憫情懷，能發人深省。如〈漸〉與〈楊柳〉兩篇文章，皆選自《緣緣堂隨筆》，是豐子愷極有代表性的隨筆式散文。前者是寫自己對光陰推移遷變獨特而細緻的感受。作者從不同角度闡述「漸」與人生的關係，期勉人們應正視時間推移的現實，領悟生命的無常與短暫，從而不爲「漸」所迷，以得到能通觀時間與空間的明達智慧。全文語近意深，析理明晰，喻證貼切，旨雖在於說理，但寓有新意，極具啓發性。而後者則陳述楊柳的形象及對其觀感，作者點出楊柳韌而實用，「高而能下」、「高而不忘本」的特性，其中也寄寓了深刻的道德意義和人生哲理，讓人讀後，對於楊柳也有了另一番新的體認，屬於典型藉詠物以說理的文章。作者筆調率性灑脫，暢所欲言，與〈漸〉同樣都是以「理趣」見長，又饒富韻致的作品。

(4)梁實秋

梁實秋是以散文創作、文學評論及翻譯等多方成就享譽文壇的學者，其中以《雅舍小品》、《秋室雜文》等系列小品文尤屬著稱。其散文小品簡潔清新、睿智幽默，能在瑣細的世情百態描敍之中，旁徵博引，涉筆成趣，可見其學貫中西的博雅才識。如以自己在抗戰期間寓居重慶的屋舍——「雅舍」爲著眼主題的〈雅舍〉一文，從「雅舍」的背景環境、屋內陳設、屋外景致，到身處其間的生活情趣，皆一一鋪陳，娓娓道來，從中表現了隨遇而安、開朗自樂的處世態度。其語言詼諧、妙趣橫生、摹寫平易而入微，正是「隨想隨寫，不拘篇章」的小品之代表作。

又〈握手〉一文，旨在藉握手之事，說明與人交往貴在眞誠，並勉人謹愼擇友。文中對於某些人士，如做大官之人、熱情過度之人，其握手方式及態度的刻畫尤爲入微，筆法也靈活幽默，極富諧趣。

另〈臉譜〉選自《雅舍小品・初集》，是由戲中臉譜引發指出人面部的表情變化能反映性情、行爲、修養思想等。令人愉快的臉與令人不愉快的臉，對上司的臉與對下屬的臉、貧病愁苦的臉與充滿肅殺之氣的臉，皆在作者生動誇張的筆觸下活靈活現。由文中可見作者對人情的深刻觀察及體會，透過輕鬆詼諧的描敍諷刺，也抒發了深刻的處世哲學，是意趣雋永，又極富見地的論說小品。

綜合而言，這三篇文章，都是梁氏小品散文的代表之作，其漫談隨想式的筆墨，抒情亦兼含議論的作法，以及似莊若諧的文章風格，堪爲梁實秋散文的獨到特色。

(5)鍾理和

在本土文化日漸受到重視的當代，鍾理和的文學作品方爲文壇重新發現。其小說、散文多專注於台灣的風土人情，以平淡質樸的語言記錄自己的生活，及生活在這片土地上的人事物，是相當重要的鄉土文學作家。如〈賞月〉一文，前半從少年下棋的場景、月亮的傳說、鬼故事的推理寫起，鋪陳文章另一面向的背景，頗具小說的情節之趣。然後「一羣孩子連同明兒便向東南山麓呼嘯而去了，給庭子留下無邊的寂靜」二句以下，則轉入敍寫自己和妻子間平凡的深情，由兩人靜寫喝茶、賞月、種蕃藷等日常瑣事，把人情與月景交融爲一體。全篇敍人、寫月，極爲平易，毫無雕飾之感，但清幽的景致、生動的情趣，卻格外令人感到興味盎然。

(6)琦君

琦君在文壇已久享盛名，以小說及散文的創作爲主，其中懷舊憶往、思念親情之散文最爲膾炙人口，流露出淡雅雋永、溫柔敦厚的風格，堪稱台灣現代「回憶文學」之典範。高中各版本課本選錄的作品有〈一對金手鐲〉（選自《桂花雨》）、〈髻〉、〈算盤〉（選自《紅紗燈》）、〈媽媽的手〉、〈方寸田園〉（選自《三更有夢書當枕》）等五篇，多屬懷舊抒情之作，很能代表琦君散文的風格。其中〈一對金手鐲〉、〈髻〉及〈算盤〉三篇皆同屬借物抒情的作品，在具體的實物中，寄託自己撫今傷昔的眞摯情思，正是琦君散文中的常見主題。在此以〈一對金手鐲〉爲例說明。〈一對金手鐲〉文中，藉一對象徵友情、親情的金手鐲，敍寫自己和阿月倆異性姊妹間分分合合的四段往事：從襁褓無知的初遇、七歲的第一次重逢，十八歲的第二次重逢，及戰亂分離至今。敍事篇幅雖長，但結構分明，承轉流暢，以樸實的筆法，表現人與人之間的醇厚感情，溫馨中有惆悵，感傷中有堅定，筆調流露的深情，溫婉細膩，尤讓人感動不已。另外〈媽媽的手〉一文，是以「媽媽的手」象徵母親一生的辛勞，藉以抒寫對母親的懷念。「手」是全文的主線，貫串了從前的媽媽和現在的自己，在一點一滴的比較中，更突顯出媽媽無私無我、任勞任怨的偉大。雖然文中所寫不過是些家庭瑣事，但卻能在平凡中見偉大、平淡中見眞情，語語委婉眞摯，令人感懷良深。至於〈方寸田園〉則敍說現代人歸隱田園的渴望，及理想可行的歸隱方式，是一篇富有思理之趣的抒情文。歸隱田園之願，並非人人可得，忙碌的現代人若强求田園之樂反而徒增煩擾，倒不如在現實生活中追尋「俗願」，以美化生活。因此「方寸田園」便可作爲心靈理想的歸宿。作者在文中除了列舉朋友的生活經驗作爲例證，也信手拈來地引用了不少古人詩文名句，使文章在明晰曉暢的條理之外，也憑添了典雅的韻味。

(7)**吳魯芹**

吳魯芹的散文大多隨意揮灑而成，對於生活瑣事的觀察入微獨到，透顯智慧光芒。其文筆則幽默詼諧、靈活閒逸，時有妙趣。如〈數字人生〉一文，作者以自身經驗，抒發日常生活中，人已淪爲數字號碼的感慨，文中將現代科技文明的利弊，用自我嘲謔及詼諧的筆調，一一析陳，在日常瑣事的敍述中，亦見個人深沈的感觸，文章不但流暢盡致，而且曲折多變，尤其文末將主題導入人類因高度工業後，帶來了環境的汚染，使人大有「何處寄餘生」之歎，這更是一味追求數字所導致的文明弊端。文章慨中有歎，敍而有議，沉重中又寓有詼諧，但作者巧妙把自己經驗及個性融合於議論之中，因此便和一般態度嚴肅的論說文不同，呈現出亦莊亦諧的格調。

(8)**陳之藩**

陳之藩雖是物理、電學研究領域的專家，但散文創作不輟，其文筆清雅雋永，能耐人尋味，頗獲好評。如〈哲學家皇帝〉是陳之藩在美國留學時，目睹美國青年獨立、勇敢、自尊的性格，他們以辛勤爲當然，以依賴爲恥辱，就像是哲人柏拉圖在《理想國》中所謂「哲學家皇帝」的實踐者。但作者同時又指出青年們缺乏人文素養、雄偉的抱負和遠大的眼光，顯現了美國式教育的弱點。作者以此爲題發揮，其敍事議論的筆墨固然很具啓發性，而文中點染的幾處寫景抒情之筆，更增添了文章的柔性美感。因此讀來饒富詩意，並不覺刻板枯燥。文章針對的雖是美國的青年，但對於我國知識青年而言，也足資借鑑反省。文中有熱烈的頌讚、有強勁的批評，亦有冷靜的沈思，是一篇言近旨遠，意深味永的作品。

⑼王鼎鈞

王鼎鈞在散文創作上的成就極高，成果頗豐，或以寓言短章輕譜人生哲理，理趣雋永，或以感性筆觸抒懷敍事，別具飄渺醇厚之味，長久以來即受到青年學子的喜愛。在此舉〈紅頭繩兒〉一文爲例。〈紅頭繩兒〉是以殘酷嚴峻的抗戰爲敍述背景，描寫一段天眞爛漫的童稚之愛。「紅頭繩兒」正是初戀對象的縮影與象徵。整則故事以古鐘爲情節發展的線索，故事中的「我」與女孩之間淡淡的、朦朧的戀情，便圍繞著鐘而聚而散，儘管自始至終也只是單戀、暗戀，但在「我」的內心，卻留下深刻鮮明，難以磨滅的印記。「童年的夢碎了，碎片中還有紅頭繩兒的影子。」蘊有無盡的感傷與回味。而最後不圓滿的結局（女孩身亡），半開放的結局（仍似有後續發展），使全文更顯得餘音裊裊，情韻悠然難盡。全篇的人物、對話、情節、場景皆備，與小說的寫法極爲相近，可視作帶有小說傾向的散文。文中以「我」爲敍事主角，對讀者娓娓道出一段童稚回憶，情節感人，意象豐富，在淡淡的筆墨中，卻帶有濃濃的抒情懷舊色彩。

⑽余光中

詩化散文早期由詩人徐志摩啓其端緒，至六〇年代，又在余光中手中開出新境。余光中之詩化散文重音樂性，富於節奏感；視覺形象也鮮明生動，如〈聽聽那冷雨〉一文便是此類散文的代表。本文藉雨聲雨景，象徵複雜的心情，由平生往事的回憶，寄託了對故國河山的追思，與對傳統文化的嚮慕情懷。因此，「雨」正是懷鄉的觸媒，隨著時空交錯的筆法，帶領讀者進入作者的鄉愁世界。文中一方面融鑄了不少古典詩詞的章句，縱意渲染出古典中國的氛圍，爲懷鄉主題的濃烈情感定下了基調；另一方面又大量運用疊字，來烘托雨聲、雨景的溼冷意象，如第一段料料峭峭、淋淋漓漓、淅淅瀝瀝、潮潮、溼溼、蕭蕭、潤潤、霏霏、淒淒切切等，不但有狀聲摹景的作用，也有增强節奏韻律的效果。這些都是使本文透顯出詩的意境、詩的情調的重要因素。全篇並無嚴整的布局，讀來只覺筆隨意轉、浩浩渺渺，作者縱橫無礙的文思，使文章起落分明，轉換有序，形成了感性筆觸中兼具理性意識的獨特韻致與風貌。

(11)林文月

集學者、作家、翻譯家於一身的林文月，創作態度嚴謹，認眞不輟，散文以感物寫志爲主，文筆細膩清暢，風格委婉淡遠，是台灣當代文壇上的重要作家。高中各版本所選錄林文月的散文計有四篇，即：〈翡冷翠在下雨〉、〈給母親梳頭髮〉、〈生日禮物〉及〈蘿蔔糕〉等，或爲記遊，或爲抒情，主題各異，但皆於平實中見眞情，而無女性作家的閨閣氣息。以下逐一略加說明：〈翡冷翠在下雨〉從「歷史的聯想」、「文學藝術的聯想」著眼，敘寫翡冷翠「人傑而致地靈」的人文景觀，並由勝境探索之餘，發思古之幽情。透過作者遊賞名勝古蹟的深度眼光，使曾爲義大利文藝復興重鎭的翡冷翠，更顯得光輝耀眼。文章在寫景之餘，也時有深意，可謂平淡中見波瀾，清雅中含理趣，相當耐人尋味。〈給母親梳頭髮〉及〈生日禮物〉，前者由爲年老住院治病的母親梳髮，聯想起童年時看母親梳髮的往事，對於母女間的親情至愛著墨極濃，是感情眞摯、令人動容之作；後者則是採信函方式與其子紙上交談，從中提出誠懇的建議和睿智的看法，所述看似從容隨興，但流露出濃郁的母愛與倫理親情，是感情與理性兼具，期許與關懷並陳的篇章。兩篇都是以自己生活中的親情爲題材的抒情文，作者溫婉細膩、無微不至的筆觸，加上洗練雋永的文辭，所以使文章情趣盎然，格外能打動人心。至於〈蘿蔔糕〉是以蘿蔔糕之製作細節爲主軸，把對母親的懷念自然地融入其中。昔日童年情景與後來自己年節在廚房的經驗，由蘿蔔糕的製作而串聯在一起。文末的幾句：

> 我喜歡在年節慶日重複母親往昔的動作，於那動作情景間，回憶某種溫馨難忘的滋味。

語調雖平淡和緩，但緬懷的深情卻溫馨滿溢。相較於前三篇來說，這算是具有專業主題知識的散文，在感性的追懷中，讀者也能順帶習得製作蘿蔔糕的知能，可謂兼具知性與感性。

⑿楊牧

楊牧是台灣當代極爲重要且活躍的詩人及散文家。在其知性與感性兼融的筆墨中，時見對生命意義、文學使命的深度思索，反映出獨特的生命情調，是新一代散文的典範。以〈柏克萊精神〉一文爲例。楊牧於民國六十四年在台大任教，當時由講授莎士比亞名劇時而引發了對柏克萊大學精神的景仰之情。文中敍述了該校的地理位置、文化環境和歷史，也介紹了傲人的師資和嚴格的學術紀律，而所謂「柏克萊精神」，即是「結合學術研究和社會介入於一體」的精神，也是一種「講求實際」的精神，這樣環境下的學術薰陶，更能讓人肯定知識的力量，更能使學生體會知識分子的社會責任。全文敍中有議，有宣揚、有省思，內容精警深刻，筆調亦極具渲染力量，是很能耐人尋思的一篇文章。至於〈野櫻〉則是楊牧抒情美文的代表之作，風格上亦迥異於前篇。文中透過對一株野櫻由落葉、抽芽、生花、落蕊、再至長滿翠葉等生命歷程的觀察，從燦爛與平淡、豐美與枯槁、勞動與收穫、虛無與美的抽象訊息，體悟出自我生命流轉遷換的意義。作者用靜觀冥思之筆，以沉思靜默的獨白語調，述說自我的觀察、思索和體悟。全篇充滿了知性哲理與感性情味；其文字雖平易，但頗具風華韻致，能展現出楊牧散文成熟、華美與溫潤深邃的風格特點。

⒀張曉風

張曉風數十年來從事散文、小說、戲劇的創作，成果極爲豐碩，其散文亦秀亦豪，能雅能博，風格多樣。如〈玉想〉一文，是由十則短篇組織而成的隨筆式散文，十則散文分別就玉的某一面向或特質加以敍寫論述，以抒發自己對「中國式美感經驗的體會」。第一則「只是美麗起來的石頭」，指出玉在平凡中成其偉大；第二則「克拉之外」，指出玉的無價；第三則「不須鑲嵌」指出玉萬般皆宜的魅力；第四則「生死以之」引發對生死哲理的沈思；第五則「玉肆」指出玉之五德；第六則「瑕」讚揚玉的缺憾之美；第七則「唯一」聯想到與玉相遇的緣分；第八則「活」引申出人因佩玉而活的意義；第九則「石器時代的懷古」探索《紅樓夢》中玉的象徵意義；第十則「玉樓」揭示出「愛玉之極，返身自重」，以展現完美人格的旨趣。這十則圍繞「玉」立說，運用了豐富的聯想，健筆縱橫、舒放自如，作者對玉的喜愛之情溢於言表。尤其文中有關玉石的掌故多所點染，如數家珍，其博雅卓識，足令人賞玩不已。因此本文可謂是一篇思理精緻、文筆俏麗的佳作。

⒁余秋雨

余秋雨是當代傑出的文化學者、美學專家，也是知名的散文作家，散文集《文化苦旅》、《山居筆記》等書，在近幾年來已成爲暢銷書排行榜的常客。其散文兼具知性與感性，史識宏遠，氣象開闊，文筆清新流利，饒富興味，很能引起讀者的共鳴。今高中各版本所選皆出自《文化苦旅》，如〈三峽〉一文，即相當具有代表性。這是作者遊歷三峽，將所見之奇山異水及風土文物融進自己的歷史文化綺想，在懷古詠史之情中，深蘊人文之思，是屬於人文山水文學之作。文從三峽起點白帝城寫起，將李白「朝辭白帝彩雲間」之間，劉備白帝城託孤之事及余光中〈尋李白〉之詩，與自然山水結合，引發懷古幽情；然後描述瞿塘峽、巫峽、西陵峽等長江沿岸景點，並著眼於巫山神女峯；終點則以秭歸，即王昭君和屈原的故鄉，爲三峽的綺麗壯闊作結。三峽沿岸的歷史、傳說、人物，在作者的生花妙筆下，被點染得活靈活現，尤其文筆極爲靈動細致，讓人讀後沈思不盡。

⒂洪素麗

洪素麗是既能文又會畫的作家，早年詩文並進，後來以散文享譽文壇。其散文於閒雅從容中常見雄勁筆力，於隨意自適中亦頗爲素雅清麗，一如其名。在此以〈萬鴉飛過廢田〉爲例，說明其散文的風格。這是作者參觀梵谷畫展以及目睹枯林中廢田羣鴉亂飛的景象，而引發一連串的敍議與聯想。作者由觀「萬鴉飛過麥田」之畫，到觀「萬鴉飛過廢田」之景，從展覽會場到郊野，對於梵谷生平事蹟、創作歷程、繪畫風格、悲劇傾向等作了知性的描敍。至於發出「爲什麼眞誠熱烈的人，總是有悲劇性的傾向」的疑問，更是將文章帶入深度層次的關鍵。文末說：「向晚的烏鴉羣叫，有火併聲勢，愈演愈烈，帶著疑難的大聲質問；從枯林上空，把問號劃到廢田上空去。最後，和夕光一起消滅了。」由回憶中的實景作結，在情景融會中頗帶感性。全文讀來似是觀畫心得，但作者所運用的聯想力、觀察力均極高妙，使文、畫、景三者渾然融會，可謂文中有畫，畫中有境，透露出藝術家燦然躍動的生命情懷，是一篇思維細致深刻，匠心獨具的散文作品。

⑯簡媜

簡媜是台灣當代著名的散文作家，曾得過不少文學獎項，尤其擅長於抒情散文的寫作。自《水問》一書在文壇嶄露頭角後，寫作更勤，不斷開闢新境，質、量俱有可觀。其文思縱放，筆觸細膩，句法流動鮮活，風格典雅穠麗，即使平常題材也能寫出一番自我格調。如選自《水問》的〈夏之絕句〉一文，是簡媜大學時期的作品。文以絕句譬喻夏日蟬聲，以詩化的筆法透過蟬鳴的敍寫，以追憶童年，並由捉蟬往事，道出「捉得住蟬，卻捉不住蟬聲」的主題。以下則盡情想像，肆意鋪敍，以譬喻、轉化等修辭手法，營造出極高情味的意境，使文章產生新奇活潑的詩趣，尤其作者以聽覺來描寫季節，以「聆聽」去感受大自然間鮮活的節奏和韻律，去體會蟬聲所代表的生命之歌，讓人驚覺夏日聲音的世界竟是如此多姿多采，令人耳目一新。全文筆觸敏銳細致，用詞典雅靈動，充分流露出絕句的無窮韻致，耐人尋味。

下篇、高中國文的風格教學

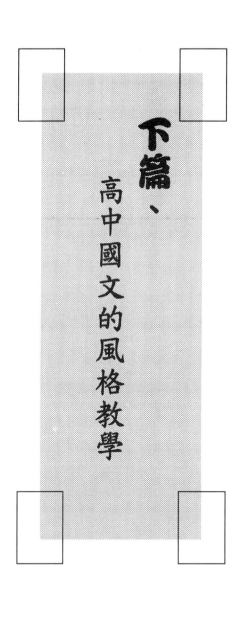

一、風格教學的重要性

風格的內涵包含「作者主觀才性所展示的精神風貌」與「作品語文結構所形成的藝術形相」兩層意義，它是融攝形式與內容（即文辭與文義），也貫穿於作家與作品之間。因此，國文教學中的「風格教學」，即是希望通過作者生平、才性的介紹，以及作品主題、題材、情思（內容）、詞義、文法、修辭、章法、聲韻（形式）等各方面的綜合分析，直接而整全地指陳作家精神風貌及其作品藝術形相上的特徵，進而與其他作家作品相互比較，從而評價其文學成就的高低得失，並由點而線而面，使學生瞭解文學發展的淵源流脈與變遷大勢。

教育部於民國八十九年修訂的「國民中小學九年一貫課程綱要」於「本國語文」分段能力指標第五項「閱讀能力」中列有「能欣賞作品的寫作風格、特色及修辭技巧」，第六項「寫作能力」中列有「發揮思考及創造的能力，使作品具有獨特的風格」。另外，教育部在民國八十四年所公布的「高級中學國文課程標準」，在第四部份「實施方法」的「肆、教育方法及過程」中，指出範文教學的要點：

各課範文應要求學生熟讀深思，精練雋永之文言文宜要求學生背誦。講讀時並須注意下列各點：

1. 文章體裁及作法。
2. 生字之形、音、義，詞彙之組合，及成語典故之出處、意義。
3. 文法及修辭。
4. 全篇主旨、內容精義及段落大意（包括全篇脈絡及結構）。
5. 文學作品之流派、風格及其價值。

可見「風格教學」與欣賞、寫作密切相關，是完整的國文教學中不可或缺的一環，是經過字詞辨識、文法修辭、章法結構、情意探求等撒網階段後的收網工夫。這種綜合辨析、整全感悟的工夫，在高中國文教學中當然較國中小階段更形重要，也較容易進行。自從教育部開放民間編撰教科書以後，各版高中國文教科書無不卯足全力，精益求精。以編輯體例來說，原有的部編本只有「作者」、「題解」、「注解」、「問題討論」，新編各版則大多增加「學習重點」、「賞析」、「寫作練習」等，尤其值得注意的是，編者藉「賞析」分析範文的內容，形成與風格特色，使師生能更完整、深刻地欣賞文學作品，也使國文教學由字音字義、文法修辭、篇章、結構等，眞正延伸到風格特色的層面。我們不妨參考兩個版本的「編輯大意」：

> 「學習重點」說明選文動機，指引學生學習之方法、要點。「題解」則揭舉文章出處、課文大意，並簡要陳述課文之相關背景知識、作者之寫作旨趣及風格特色。「作者」部分，概述作者之生平事蹟、文學風格與成就及其在文學史上的地位與影響。「簡析」則分析文章之內容、形式結構與風格特色。（龍騰版高中國文「編輯大意」五）

> ㈡作者：簡要介紹作者生平。採重點式敘述，而以其文學淵源、成就及作品風格為主。……㈥賞析：就鑑賞與批評之角度，用簡要的語言，或分析其篇章結構或探討其寫作技巧，或評賞其語言運用、文章風格，或探究其思想情感，或揭示其時代意義。……（三民版高中國文「編輯大意」五）

明顯可以看出編者對「風格」的強調和重視。其他如南一、翰林、大同等版本，雖未於編輯大意中說明，但在「作者」和「賞析」中也不乏對作家及範文風格的具體分析和整體評介。教師不妨以教科書中的相關材料爲基礎，進一步將「風格教學」延伸，與作文教學結合，並透過評量來驗收學生的學習成果。

二、範文教學中的風格教學

㈠藉「題解」中的文體分類，介紹該體裁文章風格

國文課本中的「題解」，包括選文出處、文體屬性、全文主旨等。不同的文體，有不同的風格要求，教學時可藉介紹範文的文體性質時加以說明，以增加學生對體裁與風格相關性的了解。例如：翰林版一冊七課〈柳宗元寓言選〉，以〈永某氏之鼠〉、〈蝜蝂傳〉的文學體裁為「寓言」，那麼教學時可先提示「寓言」的風格特徵是短小精悍、故事生動、寓意深刻，而在研讀範文之後，再回頭檢視〈永某氏之鼠〉、〈蝜蝂傳〉是否合乎這個風格要求。又如蘇軾〈方山子傳〉，各版教材題解中標明其文體為「小傳」，教學時便可藉此比較「史傳」與「小傳」風格上的異同，蓋史傳講求「按實而書」、「務信棄奇」（《文心雕龍．史傳》），而小傳則重在奇事逸聞、突出渲染。各版國文在編選時，大多會兼顧到各種不同的文學體裁，教

學時若能善加歸納、比較，學生對各體作品的技法和風格，將有更完整的認識。

㈡藉「作者」中的生平資料，介紹該作家個人風格

課本中的「作者」部份，包括作者字號、籍貫、生卒、重要經歷、文學成就、風格特色等。作家的風格，來自其所處的時代、地域，及個人才性、人格、身世遭遇等外在及內在因素，教學時宜將生平資料與作家風格有機地結合。如龍騰版第二冊第七課對〈岳陽樓記〉作者范仲淹的介紹，由他幼年孤貧、刻苦好學，而守邊數年、治軍嚴明，至參知政事，推行慶曆改革的一生經歷，再由人論文：「仲淹一生，爲官清正，生活簡樸儉約，品德高尚朗正，行事具自反精神，人品與志業俱卓絕一時。爲文窮究經術，獨得奧旨，以傳道爲己任。其詞意境開闊，風格豪放，爲豪放詞派之先驅。」范氏籍隸江南（蘇州），而爲文塡詞無旖旎香澤之態，反多簡約、豪放之風，或許有得於他孤貧的遭遇、守邊的經歷與清廉朗正的人格操守。〈岳陽樓記〉一文，憂國憂民、理想高遠，確實具現仲淹的志業人格，而駢辭儷句、文采搖曳、情韻綿邈，不正地體現北宋江南的文風。再如南唐後主李煜，在位十五年後被俘，他的帝王生涯與亡國經歷，對其詞風有決定性的影響，「國破前所作，大都描寫宮廷歡樂生活，備極華麗溫馨。及被俘後，則多寫亡國之痛，哀怨淒絕，至爲動心。」（國編本第四冊

第十五課）王國維《人間詞話》說：

主觀之詩人，不必多閱世，閱世愈淺則性情愈真；李後主是也。

李後主詞的情感之眞來自於其人性情之眞，而風格由華麗溫馨變而爲哀怨淒絕，則是遭遇使然。因此，若能將作家風格的形成與轉變，與其生平、才性、經歷等結合，則作者欄中的資料，就成爲活的線索了。

㈢藉「範文」的精讀鑑賞，分析該文的文章風格

夏丏尊在《文心．風格的研究》中說：「要判別許多篇文章的風格，原來不必憑主觀的觀感，只須從文章的本身上檢點客觀的條件就是了。」他提到的客觀條件包括：取材的範圍、作者的品行、作者的語言習慣、寫作習慣等四項。其中，作者的品行、寫作習慣兩者，屬「作者」部份，而取材、語言兩項，則可直接由範文檢視。就「取材」言誠如夏氏所說，一個生於安樂的作家不知道人間有饑寒困苦的事，他的文章自然不會涉及饑寒困苦；一個拘於一隅的作家，他的文章自然不會涉及山岳的偉大、河海的浩瀚，反之則取材截然不同，風格

亦從而各異。就「語言」而言，不同的作家，會存在著語調的差異和語匯的不同，形成各自的風格標誌——「語言風格」。例如龍騰版〈呼蘭河傳選〉評蕭紅：

語言風格，則大抵溫順平和而略帶哀婉氣質，但遇其摯愛對象（如故鄉），則多增詼諧、熱鬧、溫暖、華麗之調；遇其痛心對象（如民族性），則多增辛辣諷刺之調。

（龍騰版高中國文第二冊第十一課）

這樣的分析可以從範文中加以驗證。

以取材、語言（語調、語匯）的分析爲基礎，再參照陳望道提出的：內容和形式的比例、氣象的剛强與柔和、話裡詞藻的多少，檢點功夫的多少等四把量尺，那麼，要判別文章風格，便有較爲客觀的標準了。

三、作文教學中的風格教學

㈠指導學生分析文章風格

隨著高中、大學聯考相繼走進歷史，以往聯考中用以測驗學生寫作能力的傳統「命題作文」，也由新題型作文、語文表達能力測驗所取代，這種新型的寫作能力測驗，是根據學生的能力指標而命題，而能欣賞作品的風格特色，進而創作具有自己獨特風格的作品，是中學生應具有的重要語文表達能力，因此，近年來大學入學考試中心的學科能力測驗，已將「文章風格」的鑑賞分析納入命題範圍，例如八十九學年度大考中心學科能力測驗，即要考生分析陳列〈八通關種種〉裡一段文字的「文章風格」：

茬濃溪營地附近，雪深數尺。溪水有一段已結冰。冷杉林下的箭竹全埋在雪下。

冷杉枝葉上也全是厚厚的白，似棉花的堆積，似刨冰。有時因枝葉承受不住重量，雪塊嘩然滑落，滑落中往往撞到下層的枝葉，雪塊因四下碎散飛濺，滑落和碰撞的聲音則有如岩石的崩落，在冰冷謐靜的原始森林間迴響。

學生若對「風格」沒有深刻的認識，乍看題目實在很難下筆；或只能勉強擠出二字、四字語詞加以概括，不知從何分析起。如果對前述風格的意涵、種類、表述方式有基本瞭解，那麼便可分二步驟進行：

1. **先根據風格的相關要素，列出該段文章的風格取向。**
2. **再根據上列風格取向，組織成一段分析風格的短文。**

以前引〈八通關種種〉的這段文字爲例：

1. **列出相關要素及風格取向**

(1) **取材**

冬天高山積雪結冰的景觀→自然、神祕、靜謐

(2)語言

多用雪、冰、冷、白等字↓清冷、幽靜

(3)內容和形式的比例

觀察細緻，質（內容）過於文（形式）↓精約

(4)氣象的剛強與柔和

寫雪似棉花的堆積，筆調柔和；寫雪塊飛濺、滑落、碰撞則剛健新力。↓兼融柔和與剛健。

(5)詞藻的多少

沒有太多修飾，亦無艱澀詞句。↓平易

(6)檢點功夫的多少

前半寫雪花的柔和、靜態美──「如棉花的堆積」；後半寫雪塊的堅硬、動態美──「如岩石的崩落」。文句不刻意求工，文意則前後呼應，相互映襯。↓疏放中帶整鍊

2.組織成分析風格的短文

寫溪水結冰、杉林積雪的高山冬景，讓人彷彿置身冰冷雪白、純靜空靈的原始森林。作者分別以堆積的棉花、崩落的岩石比喻雪花和雪塊，對照出剛與柔、動與

靜、謐與譁、力與美、視覺與聽覺的相生相成、和諧輝映，行文疏放中有細膩，造語平易而精約，呈現出精潔靈動、清新剛健的風格，如同沙渚白鶴，左右顧盼，驀地振翅舉翼，凌空逸去。

這段例文融入「風格」的相關條件，以及抽象、具象的表述方式，分析較爲詳細，若題目中字數限制較嚴，可再酌予刪削。

(二)指導學生寫作具有個人獨特風格的作品

童子練字習書，可以由描紅、臨帖著手，但終究不能不推開帖本，自創一格，否則永遠只是歐陽詢、顏眞卿、柳公權的影子。寫作也是如此，每個人的才質、興趣、經歷各不相同，因此，寫作的基本要求是忠於自己，說自己想說的話，說自己眞正的想法、眞實的情感，最忌背誦一些名言佳句或文章段落，不管碰到什麼題目都生搬硬套；或是毫無主見，人云亦云，看到落花憶美人，看到流水惜光陰，思路固定、濫調陳詞、言不由衷。廖玉蕙在〈我從小喜歡種樹〉一文中，歸納當年大學甄試考生在命題作文「樹」所寫的內容說：

台北的考生都回外公家爬樹，南部的孩子喜歡跟樹說話，金門地區的學生家長最喜歡指著樹要孩子學習樹的精神，澎湖也許因為缺少樹木，所以只能大談樹的重要。（翰林版高中國文第一冊第二課）

這多少反映了學生思考模式太過雷同、固定，較缺乏獨立思考的創造力，因此寫出來的文章大同小異，如同每個人都理平頭穿制服，個人的風格特色便模糊難辨了。

當然，對許多學生而言，文章能寫得結構完整、文從字順，已經是阿彌陀佛了，還侈談什麼個人風格？不過，我們也不能否認，有些學生在文章寫作方面的確具有較特殊的稟賦和興趣，教師應鼓勵他們，用自己的語言寫自己的體驗、自己的思想情感，不允許他們模擬剽竊、鸚鵡學舌。

㈢運用「風格」術語評改學生作文

如前所述，「發揮思考及創造的能力，使作品具有獨特的風格」是中學生國文「寫作能力」的重要指標，那麼，學生的作文是否具有獨特風格？具有怎樣的獨特風格？這無疑是教師在評改學生作文時，應該要注意到的。換言之，作文評改除了訂正錯別字，疏通文句，關照布局結構、思致內涵等方面，還應該針對全文的風格特色作總括式的評語，引導學生找到適合自己的寫作風格。

要從「風格」的角度來評改作文，應先廣泛蒐集古來有關風格評述的術語，並體會、了解這些術語的涵義。這類術語，在上編「風格的種類」中已有所徵引，在歷代文話、詩話、詞話還有許多。此處再引周振甫《文章例話》及《詩詞例話》中有關「風格」的用語以供參考：

含蓄、婉轉、直率、自然、平淡、綺麗、工麗兼英爽、雄奇、沉著、沉鬱、風韻、風趣、浮薄（《詩詞例話》）

剛健、柔婉、平正、奇特、峻峭、明決、綺麗、繁豐、細密、疏淡、疏密、繁簡、雅正與奇變、詼諧（《文章例話》）

學生對老師的評語，通常會相當在意，若教師能運用風格的觀念來評析學生作文，那麼學生由省察自己的作品風格，進而去體會其他文章的作品風格，也就水到渠成了。

四、風格教學的評量

評量是學習成果的驗收，也是教學活動的延伸，良好的評量內容設計，能鑑別學生的整體能力，也可以導引學生正確學習。許多人常詬病「考試領導教學」，但如果考試的目標正確，內容規劃得宜，那麼考試、評量反而能帶動正常化的教學。

在《高中國文課程標準》中，明確指出國文教學評量的內容「包括記憶、理解、分析、綜合、應用、鑑賞等方面，應力求其完整性。」而有關「鑑賞」的評量，在大學入學考試指定科目國文考科的測驗目標中，就明白指出「能鑑賞古今不同文體之文體特徵與文學風格」，可見文學風格的鑑賞，既是國文教學中必須注意的，也是評量時不可忽略的。

風格鑑賞能力的評量，可以設計成選擇、簡答、限制式寫作等不同題型。以下分別舉例說明。

(一)選擇

1、

下列有關唐代詩人作品風格的評述，何者正確？A・王維詩閒適淡遠　B・杜甫詩沉鬱頓挫　C・李商隱詩清新平易　D・杜牧詩蒼涼雄渾　E・李白詩深婉穠麗。

說明：

(1)答案爲AB。

(2)李商隱詩深婉穠麗，李白詩奔放飄逸，白居易詩清新平易，杜牧詩清麗俊爽。

(3)此類題目可以評量學生對重要作家作品風格的整體了解，呼應範文學習中「作者」部分的學習重點。

2、

「乾燥的風中／一束一束稻草，瑟縮著／在被遺棄的田野／午後，在不怎麼溫暖／也不是不溫暖的陽光中／吾鄉的老人萎頓著／在破落的庭院／終於是一束稻草的／吾鄉的老人／

誰還記得／也曾綠過葉、開過花、結過果／一束稻草的過程和終局／是吾鄉人人的年譜／」（吳晟〈稻草〉）有關這首詩的風格，下列敘述何者正確？A・委婉清麗　B・清新淡遠　C・樸質親切　D・雄渾深厚　E・睿智幽默。

說明：

(1)答案為C

(2)此類題目可以評量學生分析作品風格的能力，呼應範文教學中「賞析」的學習重點。

(二)簡答

1、

下列五首作品，均與作者個人的生平經歷、人生態度相應，也反映作者的文學風格。請於閱讀時就其文學體類、作品內容、書寫風格仔細判別，再自框線內的參考答案中，指出它們應該是哪一位作家的作品。

注意：

(1)請務必按參考答案所提示的姓名填寫，勿寫作者字、號。

(2)請務必將(甲)、(乙)、(丙)、(丁)、(戊)標示清楚，否則不予計分。

(甲)我翫的是梁園月，飲的是東京酒，賞的是洛陽花，攀的是章臺柳。我也會圍棋、會蹴踘、會打圍、會插科，會歌舞、會吹彈、會嚥作、會吟詩、會雙陸。你便是落了我牙、歪了我嘴、瘸了我腿、折了我手，天賜與我這幾般兒歹症候，尚兀自不肯休。則除是閻王親自喚，神鬼自來勾，三魂歸地府，七魄喪冥幽，天哪，那其間纔不向煙花路兒上走。

(乙)壯歲旌旗擁萬夫，錦襜突騎渡江初。燕兵夜娖銀弧籙，漢箭朝飛金僕姑。追往事，歎今吾，春風不染白髭鬚。卻將萬字平戎策，換得東家種樹書。

(丙)人生愁恨何能免，銷魂獨我情何限。故國夢重歸，覺來雙淚垂。高樓誰與上，長記秋晴望。往事已成空，還如一夢中。

(丁)秋菊有佳色，裛露掇其英。汎此忘憂物，遠我遺世情。一觴雖獨盡，杯盡壺自傾。日入羣動息，歸鳥趨林鳴。嘯傲東軒下，聊復得此生。

(戊)木末芙蓉花，山中發紅萼。澗戶寂無人，紛紛開且落。

屈原	陶潛	王維	孟浩然	李白	杜甫
李煜	蘇軾	周邦彥	辛棄疾	關漢卿	白樸

（九十學年度大學聯招國文科試題）

說明：

⑴答案爲：甲、關漢卿　乙、辛棄疾　丙、李煜　丁、陶淵明　戊、王維

⑵此類題目可以同時評量學生從作者個人、文學體類、作品內容等方面分析風格特色，以判定作品歸屬的能力。

2、

下列三篇作品，都表現作者的文學風格，請閱讀後仔細判別，再自框線內的參考答案中，指出它們應該是哪一位作家的作品，哪一種風格？

㈠絕句該吟該誦，或添幾個襯字歌唱一番。蟬是大自然的一隊合唱團；以優美的音色，明朗的節律，吟誦著一首絕句，這絕句不在唐詩選不在宋詩集，不是王維的也不是李白的，是蟬對季節的感觸，是牠們對仲夏有共同的情感，而寫成的一首抒情詩。詩中自有其生命情調，有點近乎自然詩派的樸質，又有些曠達飄逸，更多的時候，尤其當牠們不約而同地收住聲音時，我覺得牠們胸臆之中，似乎有許多豪情悲壯的故事要講。也許，是一首抒情的邊塞詩。

㈡當一個西方人說：「在臺灣吃東西有中毒的危險，過街有被撞死的可能。中國人髒、亂、嘈雜、粗魯」的時候，大概沒有幾個中國人不勃然大怒的，但是我不，因爲我知

道，當中國人從東南亞或其他地區回來的時候，他們也說：「哇！那邊好落後，吃東西有中毒的危險，上街會被撞死。他們又髒、又亂、又吵，眞受不了！」「他們」聽了又如何？用自家一把尺量天下的，不僅只西方人而已。這個世界，有醜陋的美國人，也有醜陋的日本人、德國人、法國人，你想，就少得了醜陋的中國人嗎？

(丙)聽聽，那冷雨。看看，那冷雨。嗅嗅聞聞，那冷雨，舔舔吧那冷雨。雨在他的傘上這城市百萬人的傘上雨衣上屋上天線上雨下在基隆港在防波堤在海峽的船上，清明這季雨。雨是女性，應該最富於感性。雨氣空濛而迷幻，細細嗅嗅，清清爽爽新新，有一點點薄荷的香味，濃的時候，竟發出草和樹沐髮後特有的淡淡土腥氣，也許那竟是蚯蚓和蝸牛的腥氣吧，畢竟是驚蟄了啊。也許地上的地下的生命也許古中國層層疊疊的記憶皆蠢蠢而蠕，也許是植物的潛意識和夢吧，那腥氣。

余光中	龍應台	吳　晟	簡　媜	楊　牧
平淡質樸	新奇奔放	嚴肅深沉	犀利明快	典雅婉麗

說明：

(1)答案爲：甲、簡媜——典雅婉麗　乙、龍應台——明快犀利　丙、余光中——新奇奔

放

(2)此類題目可以評量就作品內容來判別風格，及由作品風格聯想作者風格的能力。

㈢限制式寫作

1、

(1)天地有大美而不言，四時有明法而不議，萬物有成理而不說。聖人者，原天地之美而達萬物之理。（《莊子・知北遊》）

(2)人是自然的產兒，就比枝頭的花與鳥是自然的產兒；但我們不幸是文明人，入世深似一天，離自然遠似一天。離開了泥土的花草，離開了水的魚，能快活嗎？能生存嗎？從大自然，我們取得我們的生命；從大自然，我們應分取得我們繼續的滋養。那一婆娑的大木沒有盤錯的根柢深入在無盡藏的地裡？我們是永遠不能獨立的。有幸福是永遠不離母親撫育的孩子，有健康是永遠接近自然的人們。不必一定與鹿豕遊，不必一定回「洞府」去；為醫治我們當前生活的枯窘，只要「不完全遺忘自然」一張輕淡的藥方，我們的病象就有緩和的希望。在青草裡打幾個滾，到海水裡洗幾次浴，到高處去看幾次朝霞與晚照——你肩背上的負

擔就會輕鬆了去的。（徐志摩〈我所知道的康橋〉）

(3)望著湯湯的流水，我心中好像忽然徹悟了一點人生，同時也好像從這條河上，新得到了一點智慧。的的確確，這河水過去給我的是「知識」，如今給我的卻是「智慧」。山頭一抹淡淡的午後陽光感動我，水底各色圓如棋子的石頭也感動我。我心中似乎亮無渣滓，透明燭照，對萬彙百物，對拉船人與小小船隻，一切都愛著，十分溫暖的愛著！我的感情早已融入這第二故鄉一切光景聲色裡了。我彷彿很渺小很謙卑。（沈從文〈湘行散記〉一九三四年一月十八日）

(4)自然與人、人與自然之間的關係，可分從兩方面言之：人類的生存依賴於自然，不可一息或離，人涵育在自然中，渾一不分；此一方面也。其又有一面，則人之生也時時勞動而改造著自然，同時恰亦就發展了人類自己：凡現在之人類和現在之自然，要同爲其相關不離遞衍下來的歷史成果，猶然爲一事而非二。……人類的發展和自然的變化今後方且未已；這是宇宙大生命一直在行進中的一樁事而非二。（梁漱溟〈人心與人生〉）

(5)半個鐘頭以後，雪漸漸小了，天色廓清。在神聖的寂靜中，我搖下窗戶外望，覺得天地純粹的寧謐裡帶著激越的啓示，好像將有什麼偉大的眞理，關於時間，關於生命，正透過小寒的山林，即將對我宣示。一種宿命的接近，注定在空曠和遼闊的雲霧中展開。我不自禁開門走出來，站在松蔭的懸崖上，張臂去承受這福祉，天地沈默的福祉，靜的奧義。（楊牧

〈搜索者〉）

(6)在那次途程中，接近四川邊境時，那在夕晚中高聳入雲的秦嶺，那遍山的蒼老松櫪，和獵戶的幾把輝亮野火，山村居民驅狼的銅鑼聲，引起我一種向所未有的肅穆之感，李白的詩句「慄深林兮驚層巔」，宛如活生生的呈現在我的眼前了。天地間雄偉的景色使我憬然瞿然。我感生命的佈景竟是如此的壯美，自己應該如何實踐生命的意義、聖賢的教訓，以不負在這壯麗的、自往古至今日的連續劇中，做了一個小小的角色……而窗前這幾片樹葉，更使我感到造物者的智慧、細心，他以大筆寫意，爲我們描出了高山長水，而又如此的心思細膩，連幾片小小的木葉，都不掉以輕心，都仔細的予以賦色、描繪，使我們生活中處處發現了美的痕跡，我遂進而悟解：出自己在日常的生活的畫室中，也應摹仿這位偉大的畫師，一筆不苟；更使自己生活的畫面上，無一漏筆或敗筆出現。（張秀亞〈白鴿・紫丁花幾片樹葉的聯想〉）

(7)山靜，水動。動靜之間有大自然的脈動運轉。凡人疲於生活，未必能領會天地間山水的奧秘，因此，只能算是山水所屬而已，一切仰賴山水而生。仁者與天地同體，聖者則能閱讀山水的智慧，從中取得生命的方向。因此仁者樂山，智者樂水；求其沈穩靜謐，求其流暢、可塑、能應萬變的特性。（王鑫〈看！石頭在說話〉）

上列作品，各家「文字風格」（注意，非指「內容」）各有特色；有重遣詞用字，力求精美者；有直述意旨，平易質實者；有善藉景物以寓托情懷者，……不一而足。你最欣賞那一則？為什麼？試加以分析。文長不超過四〇〇字。（八十六學年度推甄試題第二題）

說明：

A、此題中提供的七段文字，都環繞著人與天地、人與自然的關係。

B、題目後面的說明指出，各家「文字風格」，「有重遺詞用字，力求精美者」，應指第一段《莊子・知北遊》；「有直述意旨，平易質實者」，第二段徐志摩〈我所知道的康橋〉即是；「有善藉景物以寓托情懷者」，與第三段沈從文〈湘行散記〉吻合。不妨掌握這些指引，進一步闡述。

C、如以第一段為分析對象：

這段文字，開頭即用三個排比句：「天地有大美而不言，四時有明法而不議，萬物有成理而不說」，來說明天覆地載，四時代序、萬物生成都有最完美的配合、最完善的規律，可是天地、四時、萬物卻從來不曾議論、不曾言說。寥寥數語便將天地無言的理則道盡，在精約的文字中表現出雄辯的氣勢，如波濤洶湧，一浪接著一浪翻捲而來；又如駿馬奔騰，甫著一鞭，又下一鞭，不可拘勒。「不言」、「不議」、「不說」，義同而字異，可見作者遣詞用字的講究。末兩句「聖人者，原天地之美而達萬物之理」，說明聖人法天則地，順時應物，因此口無所言，心無所作。「原天地之美」與「達萬物之理」，對仗自然，讀來特別工整朗暢。整體而言，此段文字言簡而意豐，配合排比、對仗的句式，以及遣詞用字的變化，形成整齊精美，簡約而具有高度概括力的文字風格。

D、再如以第三段爲分析對象：

第三則藉景物來寓托情懷，最爲雋永有味。作者由湯湯的流水，而「徹悟一點人生」、「新得到了一點智慧」，想必是在晴朗的午後陽光下，清澈得可以看見水中各色圓石的河水帶給他的啓示吧！清澈見底的河水，的確可以讓人「明心見性」，鑑照纖毫，使我們從紅塵是非、世俗權位的迷霧中跳脫出來，體悟生命最眞實的本質，最素樸的美，如此一來，便能以開放的心胸，包容萬有，愛天地萬物。所以，作者「對萬彙百物，對拉船人與小小船隻，一切都愛著十分溫暖的愛著！」他的感情「早已融入這第二故鄉一切光景聲色裡」，眼前所見，無非是自然萬彙的可愛，人間世情的美好，從而不知不覺與天地融而爲一，「心凝形釋，與萬化冥合」，而感受到自己「很渺小很謙卑」。作者藉清澈、湯湯的河水來托寓「亮無渣滓，透明燭照」的心境，使人同時領受湘西景致和作者心靈潔淨無暇的美。

E、題目中規定「文長不超過四〇〇字」，則作答時宜將字數控制在三五〇至四〇〇字之間。

2、下列兩首詩的抒寫角度和文字風格各有特色，請你仔細閱讀後加以分析比較。文長不超過四百字。

(1)

媽媽你走了多久我記不清了
你走了我天天晚上趴在窗口念月亮
念月亮從D字到O字到C字

我念得很輕，害怕小貓聽見
它會笑我快做學生了還想媽媽
可是媽媽你聽得見，可是媽媽
　你聽見我念完C字
　又從D字念到O字你要回來

你要回來我要在鳥聲開放的樹林子接你

一邊親你一邊念好多字母給你聽
你會說這才是媽媽的女兒嘛
媽媽想女兒還要工作
女兒想媽媽也要不忘認字

媽媽你走了多久我記不清了
你走了我天天晚上趴在窗口念月亮
念月亮從D字到O字到C字
也不知究竟是念月亮念拼音還是念媽媽（傅天琳〈月亮〉）

(2)
當我們在襁褓中
像隻蛹，睡在絲繭裡
母親擁著我們，她的臂彎
是一道強壯的防波堤
為我們擋住

風雨的侵襲和吞噬

當我們穿上制服上學
像個小兵，意志昂揚
母親牽著我們，她的手
是一條七色的彩虹
帶領我們
踏上青天的長橋

……

當我們漸漸成長
像漸行漸遠的春草

……

曾經，母親豐腴的臉龐
放射過動人的光芒

有一張唱兒歌的嘴
如今，變成一隻
油漆剝落的舊郵箱
瘖啞的張開口
斜掛在倚望兒女歸來的
門上

當我們雲遊天下
像所有的浪子，不定歸期
請不要忘記
給這隻空洞的郵箱
投遞一封平安的信函
這，便是母親最昂貴的禮物
這，便是母親最深沈的慰安（節錄自張香華〈母親〉）

說明：

A、題目中的兩首詩都是在寫母子的親情，主題近似，而抒寫角度和作品風格則有不同。

B、示例：這兩首新詩都是以子女的立場來寫的，不過第一首敍述的觀點是「我」，而稱媽媽爲「你」，是用自己（第一人稱）的角度，來傾訴對媽媽（第二人稱）的懷念和盼望歸來的心情；第二首的敍述者則稱「我們」，而稱母親爲「她」，用第一人稱複數的口吻敍述，含有「推己及人」的味道，使詩中的感情更能擴散、感染讀者。這是二詩在詩寫角度上的不同。風格方面，〈月亮〉用天眞無邪的童言童語，表現小女孩的孺慕之情，而「趴在窗口念月亮」、「一邊親你一般念好多字母給你聽」等，則將動作刻劃得栩栩如生，全詩洋溢著眞情妙趣，呈現清新質樸之美。〈母親〉則是細數人生中在襁褓、上學、長大離家、漸行漸遠、雲遊天下等不同階段中，母親所扮演的角色，所經歷的辛苦，每段以「當我們……像……」開頭，藉複沓的形式增強情意的深厚度，最後以「請不要忘記」給母親寫信慰安作結，殷殷勸勉天下爲人子女者，全詩善用比喻，語氣懇切，情韻悠長。

3、

下列兩篇作品的主題相同，而體裁和風格則有明顯差異，請加以分析比較。文長不超過三百字。

(1)

蛛與蠶曰：「爾飽食終日，以至於老。口吐經緯，黃白燦然，因之自裹。蠶婦操汝入於沸湯，抽為長絲，乃喪厥軀。然則，其巧也適以自殺，不亦愚乎？」

蠶答蛛曰：「我固自殺，我所吐者遂為文章，天子袞龍，百官紱繡，孰非我為？汝乃枵腹而營，口吐經緯，織成羅網，坐伺其間。蚊虻蜂蝶之見過者，無不殺之而以自飽。巧則巧矣，何其忍也！」

蛛曰：「為人謀則為汝，為自謀寧為我。」

嘻，世之為蠶不為蛛者寡矣夫！（江盈科〈蛛與蠶〉）

(2)

蠶和蜘蛛都是紡織能手，
大家決定來個比賽看誰優秀。
孔雀獻出美麗的羽毛，
做一張獎狀送給勝利者保留。

蜘蛛首先爬上屋簷，
繞著圈兒織個不休，
不一會兒織成一張蛛網，

密密麻麻、絲絲相扣。

蜘蛛忙著向大家介紹：
「我織的網結實耐久。
每天能粘住許多飛蟲，
一天三餐我頓頓足夠。」

白胖胖的蠶兒爬上草心，
左一點右一點一絲不苟，
不一會兒織成了渾圓的蠶子，
雪白的蠶絲光光溜溜。

蠶兒也向大家做了說明：
「我織成的絲一點不留。
我要把它送給人們，
織成他們需要的彩綢。」

孔雀代表了大家的心意，
把獎狀送到蠶的雙手。
為什麼人是一個根本問題，
蠶為大伙，蜘蛛只圖自己享受。（劉猛〈蠶和蜘蛛〉）

說明：

A、劉猛的兒童寓言詩〈蠶與蜘蛛〉，像改寫自江盈科《雪濤閣集》中的寓言〈蛛與蠶〉。

B、經過改寫後作品風格的改變，請讀者自行分析。

4、

下列這兩首詩，都是抒寫作者在滬杭車中的所見所思，而兩首詩的風格迥然不同，你比較喜歡哪一首？請加以分析，文長不超過三百字。

(1)

匆匆匆！催催催！
一捲煙，一片山，幾點雲影，

一道水，一條橋，一支櫓聲，
一林松，一叢竹，紅葉紛紛：
　豔色的田野，豔色的秋景，
夢境似的分明，模糊，消隱——
　催催催！是車輪還是光陰？
催老了秋容，催老了人生！（徐志摩〈滬杭車中〉）

(2)

列車軋在中國的肋骨上
一節接著一節社會問題
比鄰而居的是茅屋和田野間的墳
生活距離終點這樣近
夏天的土地綠得豐饒自然
兵士的新裝黃得舊褪淒慘
慣愛想一路來行過的地方
說不出生疏卻是一般的黯淡

瘦的耕牛和更瘦的人
都是病，不是風景！（辛笛〈風景・一九四八年夏在滬杭道中〉）

說明：

A、徐志摩〈滬杭車中〉以「匆匆匆，催催催！」摹狀車行鐵軌上的聲音，也諧音雙關車行的疾速，爲末行「催老了秋容，催老了人生」，感悟人生短促，埋下伏筆。接著以三行排比短句，記車中所見的田野秋景，一景赴目，旋即消隱。前半寫分景，然後總括整體印象爲「艷色」，最後以「催催催！是車輪還是光陰？」反問，其實既是車輪亦是光陰，面對光陰如車輪般迅即消逝，雖然面對眼前「艷色」的景致，可惜已是「秋景」，整首詩便在輕快中塗染上歲月催人老的淡淡憂傷。

辛笛〈風景〉以「列車軋在中國的肋骨上」，以肋骨比喻鐵軌，而一個「軋」字，便傳達出無限的沉重感。接著，以一節一節車箱隱喻層出不窮的社會問題。然後寫在車上所見，是茅舍、墳墓、兵士「舊褪淒慘」的「新裝」，是「瘦」的耕牛，「更瘦」的人，眼前所見，「說不出生疏卻是一般的黯淡」，明明是夏天「綠得豐饒自然」的土地，而在戰爭摧殘下，民生卻如此「黯淡」，末行說「都是病，不是風景！」本以爲在火車上可以欣賞江南風景，沒想到眼前盡是社會凋弊破敗的「病」態，心情的沉痛可想而知。這首詩字句的錘鍊非常堅實，情感沉重中帶有批判和悲憫，呈現沉鬱勁健的風格。

B、讀者可參考前面的解說，依照題目中規定的字數限制，彈性調整分析的詳略程度。

5、

下列三段文字，都是翻譯或改寫自《伊索寓言》中的同一則故事，而風格有明顯不同，請加以比較。文長不超過四百字。

(1)冬蟻出曝其夏取之粟，他蟲餓過其側，乞粟於蟻。蟻曰：「而胡爲不儲糧於夏？」蟲曰：「吾方嚮夏風而歌。」蟻笑曰：「君當夏而歌，則亦宜乘冬而眠矣，胡言饑？」（林紓譯《伊索寓言》）

(2)時值冬季，天氣嚴寒，霜飄雪緊，冷氣侵肌。有蟻國君臣及其黎庶，先時操作，積聚餘糧千倉萬箱，不計其數。斯時也，可以安居窟室，無慮顧憂。乃有蟋蟀氏者，幾經盛暑，度過秋光，遇此風霜凜冽，霰雪霏微，不覺飢寒交迫，殘喘難延。既無障身之具，安望果腹之資。不得已，匍匐中進，至蟻國居民扣扉告貸，下心抑志，羞色堪憐。求棲身於宇下，乞殘滴於杯中。蟻氏啓扉而語曰：「異哉！爾之不恥實甚。胡不早固自謀家室，預積倉箱，以備不虞；今乃轉叩人戶，效昏暮之求耶？」蟋蟀悵然曰：「惜乎！悟已往之不諫，或來者之可追。回憶午夜風清，我則唧唧，或在堂，或在室，伴騷客之清吟，助幽人之離歎；更當秋色清華，或吟風，或弄月，問旅人之殘夢，動壯閣之愁思。樂意陶陶，揚揚自得，又何暇計及後來之歲寒日冷哉！」蟻氏哂而言曰：「我國君臣有一定例，凡是夏日及時行樂，不爲勤儉計者，冬月必作餓殍，理所然也。凡我衆生，既無求於人，又安肯假與人也哉！君請他適，毋擾我圉！」（張赤山輯《海國妙喻》）

(3)在炎熱的夏季裡，一隻螞蟻辛勤地在田裡來來去去，努力收集大麥和小麥，爲準備冬天的貯糧而忙碌著。蜣螂看到了說：「你們爲什麼要這樣賣命工作呢？趁現在天氣好，一起來玩耍不是很好嗎？」螞蟻什麼也沒說。

到了冬天，雨水把蜣螂的食物……牛糞都沖走了，蜣螂只好餓著肚子來找螞蟻，請求分給牠們一點食物。螞蟻說道：「蜣郎啊！我在努力工作的時候你嘲笑我，但是如果那時你也一起工作的話，現在就不至於因爲缺乏食物吃而來求我了。」（沈吾泉譯伊索寓言）

說明：

第一則簡鍊精約，是古文筆法。第二則典麗繁縟，多駢句儷采。第三則平易淺近，是語體白話。讀者可把握此一要點自行分析比較。

附錄

高中國文課本作家作品風格要點總整理

茲將高中國文各版本所選錄的作家作品與風格，分先秦兩漢、魏晉南北朝、唐宋、元明清及現代五個部分，列表整理，以提供讀者檢閱之便。古代部分，除少部分作家作品風格不顯，或課本未明確標示風格者，不予摘錄外，餘均擇要說明。現代部分，因各版本選錄作家極爲紛紜，勢難一一羅列，故詩與散文兩類，以本書內容已提及者爲準，小說方面的作家則全予採錄，以補正文之未備。

(一)先秦及兩漢作家作品風格要點一覽表

詩歌	《詩經》	率眞樸實，溫柔敦厚
	《楚辭》	閎博富麗，浪漫神奇

	《古詩十九首》	生動直率，質樸自然
經典散文	《論語》	言近旨遠，樸質無華，雋永有味
	《禮記》	包羅萬象，清晰婉轉
歷史散文	《左傳》	敍事詳備，明暢生動
	《戰國策》	流暢犀利，氣勢縱橫，敍事鮮明生動
諸子散文	《老子》	精約雋永，哲理遙深
	《莊子》	渲染鋪陳，奔放靈活，雄奇瑰麗，縱橫跌宕
	《孟子》	感情充沛，氣勢雄健，鋒芒畢露
	《荀子》	結構謹嚴，議論透闢，邏輯性强
	《韓非子》	峭拔犀利，文字凝鍊順暢，論證縝密嚴謹
秦漢散文	李斯	排比瑰麗，氣勢奔放
	賈誼	氣勢雄偉，議論透闢，筆鋒犀利
	司馬遷《史記》	文筆矯健，語言洗鍊，條暢得理
	班固《漢書》	組織宏大，文辭典麗精整，記事客觀翔實

(二)魏晉南北朝作家作品風格要點一覽表

曹操	古樸質直，悲壯蒼涼
王粲	柔婉深沉
曹丕	精鍊簡潔，情意眞摯
諸葛亮	樸實眞摯，論理精闢
李密	層次清晰，情理融貫，莊重暢達
王羲之	自然淡泊，輕逸而有深意
陶淵明	自然質樸，平淡有致
劉義慶《世說新語》	簡鍊雋永，妙趣橫生
范曄《後漢書》	文筆疏朗，語言鏗鏘，筆勢縱放，脈絡分明
酈道元《水經注》	凝鍊精美，意態飛動，妍麗絕倫
丘遲	辭采逸麗

(三)唐宋作家作品風格要點一覽表

魏徵	詩文古樸，典雅莊重
王勃	爽朗灑脫
王維	閒適淡遠
崔顥	早期：閨情浮艷；晚年：風骨凜然
李白	奔放不羈，俊逸清新
杜甫	語言精鍊，格律謹嚴，沉鬱頓挫，蒼涼雄渾
岑參	雄放奇瑰
元結	詩風質樸，反映現實
薛濤	託意曠遠，旨趣含蘊不露
韓愈	氣勢雄奇，語言精鍊，筆力遒勁，條理明暢
李翺	簡潔明快，平正暢達，安雅渾厚

白居易	清新平易
柳宗元	雄深雅健，峻潔精奇
杜牧	清麗俊爽
李商隱	縹緲迷離，朦朧隱晦，深婉穠麗
李煜	早期：香豔華麗，風格婉約；晚年：哀怨淒絕，情思深沈
王禹偁	文章平易簡樸，詩則雅正清新
范仲淹	清麗順暢
歐陽修	平易流暢，清新自然，婉約含蓄
柳永	寫景清新細致，寫情纏綿悽惻
蘇洵	簡直老練，富古勁之風
曾鞏	醇厚平和，結構嚴謹
司馬光	議論深刻，用語淺明樸實；《資治通鑑》則質樸簡潔，義理醇厚
錢公輔	文章博美
王安石	用筆遒勁，思慮縝密，剛峻峭拔

蘇軾	汪洋恣肆，清新自然
蘇轍	立意平穩，汪洋澹泊，樸質平淡
黃庭堅	古樸奇峭
李清照	淺近清新，婉約細致
陸游	雄健豪壯，奔放淋漓
范成大	清潤溫雅
朱熹	詩以吟詠情性、蘊含哲理取勝
辛棄疾	豪邁雄放，悲壯沉鬱，清新柔媚，情韻雋永
文天祥	文章雄健富贍，詩作沉鬱悲壯
林景熙	情感悽婉，悲涼慷慨

△㈣元明清作家作品風格要點一覽表

關漢卿	豪放自然，不假雕飾

馬致遠	清麗優雅，沉鬱蒼涼
白樸	清雋婉逸，儒雅端莊
張可久	清麗典雅，華而不艷
宋濂	雍容典雅
劉基	文章氣壯辭雄，古樸渾厚；詩則沉鬱頓挫
方孝孺	理直氣壯，縱橫豪放
歸有光	疏淡自然，情感真摯
宗臣	文章明爽暢達；詩則天才婉秀，跌宕似李白
湯顯祖〈牡丹亭〉	曲詞精工典麗，情節曲折感人
袁宏道	率真自然，清新秀麗
張岱	清新自然
黃宗羲	邏輯嚴明，析理透闢
李漁	文字平淺自然，造意新奇諧趣
顧炎武	內容賅博，結構嚴整，邏輯細密，考證精詳，樹立樸實高潔之典範

魏禧	凌厲雄傑
方苞	平實嚴謹，典雅簡潔
袁枚	率真自然，活潑清新，兼具灑脫曠達之風與詼諧風趣之韻
錢大昕	說理嚴謹，文辭精鍊，手法活潑生動
龔自珍	古文雄邁奇崛，獨造深峻；詩崛強生峭，別闢奇境
曾國藩	雄奇瑰瑋
連橫	文章厚實典雅，詩作清簡深刻
施耐庵《水滸傳》	結構組織緊湊，場面描寫細膩，語言運用生動
羅貫中《三國演義》	人物形象鮮化，情節變化奇詭，語言錘鍊精純，結構恢弘瑰偉
蒲松齡《聊齋誌異》	文字簡潔凝鍊，情節曲折多變，描寫細致生動，人物性格具有典型性
吳敬梓《儒林外史》	結構獨特，語言通俗，筆法寫實犀利
曹雪芹《紅樓夢》	內容包羅萬象，思想豐富深刻，情節細密完整，人物刻畫入微，文字爐火純青

	劉鶚《老殘遊記》	文字精鍊簡潔，流利圓熟，極富批判意識

(五)現代作家風格要點一覽表

詩	胡適	平易淺近，明暢如話
	徐志摩	情意真摯，辭采華茂，韻律和諧，富於浪漫氣息
	余光中	視野遼闊，意象精準，節奏鏗鏘，氣象雄渾
	鄭愁予	早期婉約飄逸，情懷浪漫；近期深沈冷靜而成熟，具有知性圓融的一面
	吳晟	語言淺白，風格樸實，不事雕琢
	向陽	關懷鄉土，省思深刻
	蘇紹連	嚴肅深沈，略帶苦澀
散文	朱光潛	議論深入淺出
	豐子愷	平實自然，描寫細膩，議論綿密，韻味雋永

	梁實秋	簡潔清新，睿智幽默
	鍾理和	平淡質樸，富有關懷鄉土之情
	琦君	淡雅雋永，情思深婉，筆觸細膩，有溫柔敦厚之風
	吳魯芹	幽默詼諧，靈活閒逸
	陳之藩	思想深刻，文筆清雅雋永
	王鼎鈞	理趣雋永，感性醇厚
	林文月	細膩清暢，委婉淡遠
	楊牧	典麗醇美，兼融知性與感性
	張曉風	亦秀亦豪，能雅能博
	余秋雨	史識宏遠，氣象開闊，文筆清新流利，富有人文關懷
	洪素麗	閒雅從容中見雄勁筆力，隨意自適中亦頗爲素雅清麗
	簡媜	文思縱放，筆觸細膩，句法流動鮮活，語言典雅穠麗
小說	魯迅	刻畫入微，筆鋒深刻
	賴和	語言樸素，富鄉土色彩

沈從文	溫婉靜美，又具豪俠意氣
蕭紅	寬闊祥和，眞誠感人
鄭清文	平實而有細膩之情
司馬中原	短篇小說表現地方色彩、風土民情
白先勇	具有高度寫實精神，大量吸收西方現代派技巧
黃春明	雅俗共賞，溫馨樸實
愛亞	筆調冷靜
蕭蕭	敦厚深情，鮮活而富情趣
洪醒夫	語言活潑，親切溫馨
林雙不	文筆樸質

參考書目舉要(依出版先後為序)

中國散文史　陳柱　台北　台灣商務印書館　一九六五年
文心　夏丏尊　台北　台灣開明書店　一九六七年
修辭學　黃慶萱　台北　三民書局　一九七五年
六朝文論　廖蔚卿　台北　聯經出版公司　一九七八年
顏氏家訓集解　王利器　台北　漢京文化事業公司　一九八三年
世說新語校箋　徐震堮　北京　中華書局　一九八四年
文心雕龍讀本　王更生　台北　文史哲出版社　一九八五年
文學創作與欣賞　王逢吉　台北　康橋出版社　一九八五年
字句鍛鍊法　黃永武　台北　洪範書店　一九八六年
滄浪詩話校釋　嚴羽著　郭紹虞校釋　台北　里仁書局　一九八七年
古代散文文體概論　陳必祥　台北　文史哲出版社　一九八七年

古代散文鑒賞辭典　王彬等　北京　農村讀物出版社　一九八七年
人間詞話新注　王國維著　滕咸惠校注　台北　里仁書局　一九八七年
文心雕龍的風格學　詹鍈　台北　木鐸出版社　一九八八年
文心雕龍綜論　中國古典文學研究會編　台北　學生書局　一九八八年
修辭學發凡　陳望道　台北　文史哲出版社　一九八九年
文學風格例話　周振甫　上海　上海教育出版社　一九八九年
中國古代文體概論　褚斌杰　北京　北京大學出版社　一九九〇年
談文學　朱光潛　台北　國文天地出版社　一九九〇年
國文教學論叢　陳滿銘　台北　萬卷樓圖書公司　一九九一年
中國文學發展史　劉大杰　台北　華正書局　一九九一年
詩品注　陳延傑　台北　里仁書局　一九九二年
國文教學新論　王更生　台北　明文書局　一九九四年
文章例話　周振甫　台北　五南圖書公司　一九九四年
語言風格學　張德明　高雄　麗文文化公司　一九九五年
文學風格概論　姜岱東　濟南　山東教育出版社　一九九六年
古文鑒賞大辭典　徐中玉　杭州　浙江教育出版社　一九九六年

散文技巧　李光連　台北　洪葉文化事業公司　一九九六年
如何進行國文教學　台北　國立台灣師範大學中等教育輔導委員會　一九九六年
散文鑑賞藝術探微　馮永敏　台北　文史哲出版社　一九九七年
古文鑒賞辭典　陳振鵬　上海　上海辭書出版社　一九九七年
國文教學法　黃錦鋐　台北　三民書局　一九九七年
鄉土文學與地緣文化　崔志遠　北京　中國書籍出版社　一九九八年
言語風格學　鄭遠漢　漢口　湖北教育出版社　一九九八年
二十四詩品　唐　司空圖　台北　金楓出版社　一九九八年
藝概　清　劉熙載　台北　金楓出版社　一九九八年
唐宋八大家文鈔校注集評　明　茅坤　西安　三秦出版社　一九九八年
中國古代文學史　馬積高　黃鈞　台北　萬卷樓圖書公司　一九九八年
中國散文創作藝術論　王景科　濟南　山東教育出版社　一九九九年
散文鑑賞入門　魏飴　台北　萬卷樓圖書公司　一九九九年
詩話論風格　林淑貞　台北　文津出版社　一九九九年
中國文學史　袁許霈主編　北京　高等教育出版社　一九九九年
漢語風格學　黎運漢　廣州　廣東教育出版社　二〇〇〇年

詩詞義旨透視鏡　江錦玨　台北　萬卷樓圖書公司　二〇〇一年
散文、新詩義旨古今談　蒲基維等　台北　萬卷樓圖書公司　二〇〇二年

國家圖書館出版品預行編目資料

風格縱橫談／顏瑞芳，溫光華著. --初版. --臺北市：萬卷樓, 民 91

面；　　公分

ISBN 957-739-407-8(平裝)

1.中國文學－評論

820.7　　91016035

風格縱橫談

著　　者：顏瑞芳、溫光華
發 行 人：楊愛民
出 版 者：萬卷樓圖書股份有限公司
臺北市羅斯福路二段 41 號 6 樓之 3
電話(02)23216565 · 23952992
FAX(02)23944113
劃撥帳號 15624015
出版登記證：新聞局局版臺業字第 5655 號
網　　址：http://www.wanjuan.com.tw
E-mail：wanjuan@tpts5.seed.net.tw
經銷代理：紅螞蟻圖書有限公司
臺北市內湖區舊宗路二段 121 巷 28 號 4F
電話(02)27953656(代表號)　傳真 (02)27954100
E-mail：red0511@ms51.hinet.net
承印廠商：晟齊實業有限公司
定　　價：240 元
出版日期：民國 92 年 2 月初版

ISBN 957 - 739 - 407 - 8